紅樓夢小人物III

微塵眾

蔣勳

夢紅樓系列

我喜歡《金剛經》說的「微塵眾」，

多到像塵沙微粒一樣的眾生，

在六道中流轉。

目次

自序——

情既相逢，與君兩無相涉

沒有想到，《微塵眾》第三集的序，會在旅途中陸陸續續寫。小說像風景，風景也像小說。

從日本札幌的支笏湖到丸駒祕湯，浸泡在與湖水平的露天風呂中，隔水遠眺風不死岳。長長一條線，兩座小丘，一尖一圓，很像趙孟頫畫的鵲山和華不注山。乾隆皇帝到泰山，經過鵲、華，想起宮裡的收藏，還特地快馬加急，取來「鵲華秋色」，對著實景欣賞。乾隆是愛誇大張揚的人，故宮的書畫名作上都是他飛揚跋扈誇張的印記題跋。但他的確也有張揚的福氣，讓我想到《紅樓夢》裡的賈母。賈母過八十歲生日，大概是賈府富貴榮華的巔峰，巔峰也就是下坡的開始，然而她的下一代，不體察因果，就要怨恨受苦了。

北海道很大，風景也都不同。大雪山在七月酷暑還積雪未融，山頭白皚皚一片瑩玉，山谷溪澗激流奔湍。有瀑布曰「銀河」、「流星」之瀧，很難想像，瑩玉潔白靜定，到了溪澗，如此飛揚濺洴，在風裡嘩嘩散成煙霞。

富良野的紅豆頗富盛名，這次來看的，卻是看不到邊、起伏連天的金黃麥田，以及一片紫光迷濛的薰衣草，也是曠大無垠無涯。碧藍、金黃、紫豔、蔥綠，讓我想到這一集裡最漂亮明媚的芳官，寶玉生日那天，她的裝扮是小說中最美的畫面之一。

芳官是作者心疼的少女，她卻常男裝，有一個胡人名字叫「耶律雄奴」，也有一個法蘭西的洋名字叫「溫都里納」。

在層雲峽山腳看到日本林業長官為山林設立的「樹靈碑」，巨石高聳，三個正楷大字，令人心中一動。我低頭合十敬拜，覺得遍山萬千樹木，霎時都能響應，風中婆娑，彷彿有靈。

到了登別，溫泉熱鬧之地，很像北投，觀光客熙來攘往。但是在「地獄谷」入口，還是看到一「庖丁塚」，方型長碑，上面刻著「魚鳥菜供養之碑」。知福惜福，微塵眾生，若魚蝦、若禽鳥、若菜蔬，也都能得供養。硫磺谷濁煙濃霧，閻摩魍魎，彷彿鬼影幢幢，還是可以靜下心來，低頭合十，為供養的肉身唸一遍經。

「魚鳥菜供養之碑」，讓我想到林黛玉瀟湘館那一隻會嘆息的鸚哥。

小暑後到了溫城，序將寫完了，每天就多出時間走路。

每天走路時間固定，走海港邊的森林，通常兩小時到三小時。如果貪看路邊偶然遇到的小事情，可能會多耽擱一些時間。但大約四小時左右，會把路走完。

所謂小事，有時是忽然在森林深處看到一塘池水，水中都是紅色蓮花，紅蓮盛放，如一朵一朵的火焰。

記得前年「春分」畫展，詩人瘂弦送一花籃，附一卡片，卡片上寫一句子：「愛如一火炬，萬火引之，其火如故。」（註）

好像是佛經的句子，我沒有查證，但是看到一池盛放紅蓮，無端就想起詩人所贈的詩句。

森林有許多小徑通向港灣，走著走著，忽然眼前就是一片大水澎湃，巨浪礁石，視野開闊，與林木間小徑光影搖曳的幽靜十分不同。

所謂小事，也就是在洶湧澎轟的浪濤間，忽然看到數隻海獺泅泳。一仰、一俯，姿態曼妙。海獺俯身潛藏下去一會兒，不多久，口中啣著獵物升起，便爬到鋪滿水

註：此句出自《佛說四十二章經》：「佛言：睹人施道，助之歡喜，得福甚大。沙門問曰：此福盡乎？佛言：譬如一炬之火，數千百人各以炬來分取，熟食除冥，此炬如故，福亦如之。」

藻的礁石平台上，細細咀嚼享用牠剛捕獲的大餐。

這不過是天地間微不足道的小事吧，幾隻海獺在礁石上吃魚吃蟹，夏日陽光亮麗，天空中原來棲止在林木樹梢的兀鷹，開始在近空盤旋。

鳶飛，魚躍，我們常覺得萬物各得其所，也難細查其中因果。

不多久，兀鷹靠近礁石，看準目標，忽然低飛，展翼滑翔，姿態輕盈優美，無聲無息，低低掠過礁石。兀鷹翅翼掠過，數隻海獺迅速敏捷地躍入海中，潛藏在浪濤裡，霎時不見蹤影。我才知道，兀鷹的低飛，原來也是要尋找捕食獵物。

海獺的泅泳，兀鷹的飛掠，都輕盈美麗，使人忘了生存艱難。因為生存，微塵眾生也都練就連自己或許都並不一定知道的掠食時精準的姿態吧。

賈母的福分

讀《紅樓夢》，越來越記得一些小事，小到不能再小，卻一再浮現出來，像兀鷹飛掠，像海獺潛泳，像第二十九回清虛觀裡一個無名無姓的小道士。

第二十九回，賈府初一要到清虛觀打醮祈福，賈母、薛姨媽、王熙鳳都去，寶玉也去，闔家大小，每個主人都帶著七、八個車伕、馬伕、丫頭、婆子，浩浩蕩蕩。

作者這樣描述：

只見前頭的全副執事擺開，一位青年公子騎著銀鞍白馬，彩轡朱纓，在那八人轎前，領著那些車轎人馬，浩浩蕩蕩，一片錦繡香煙，遮天壓地而來。

這樣一大家子貴公子、貴婦人出外，真的是「遮天壓地」吧，庶民百姓也都趕來圍觀。「遮天壓地」，像是說這一家族外出時的浩蕩排場，全副執事的陣仗；也像是說黑壓壓一大片、不知道為何如此興奮、趕來圍觀的群眾。

榮國府一行人馬進了道觀，賈母要下轎，王熙鳳趕忙上前迎接攙扶，卻正好撞上一個失魂落魄從觀裡衝出來的小道士。

大概因為榮國府大隊人馬要來，道觀主持一早就發動所有小道士做清理工作，修剪花草，燈燭高燒，彩幡繡旗，裝點門面。這個十二、三歲的小道士負責剪燈燭蠟花，太負責任了，剪到忘了時間。聽到鼓樂迎賓，知道人馬已經到了，嚇得沒處躲藏，手裡還拿著個剪筒，趕忙竄出來，正巧就撞到王熙鳳懷裡。

王熙鳳被撞到，怒不可遏，「便一揚手，照臉打了個嘴巴，把那小孩子打了一個筋斗。」王熙鳳一面打，一面厲聲罵道：「小野雜種！往那裡跑？」

小道士闖了禍，嚇壞了，被打在地上，剪子也顧不得撿，爬起來就要再跑。小姐們還沒下車，隨行的眾婆娘、媳婦圍得密不透風，小道士沒處鑽，眾人齊聲喝叫捉拿：「拿！拿！打，打！」

賈母聽見喧譁，問是什麼事？王熙鳳回說：「一個小道士兒，剪蠟花的。沒躲出去，這會子混鑽呢！」

賈母聽了，忙說：「快帶了那孩子來，別唬著他。小門小戶的孩子，都是嬌生慣養慣了的，那裡見過這個勢派？」

賈母怕嚇到這孩子，窮人家的孩子，沒見過這樣豪門貴族的陣仗，賈母說：「倘或唬著他，倒怪可憐見兒的，他老子娘豈不疼呢？」

小道士被帶來見賈母，跪在地上，全身發抖亂顫。賈母問他幾歲，小道士一句話也說不出來。

賈母可憐這孩子，要賈珍帶出去，給他錢買果子，還特別叮嚀：「別叫人難為了他。」

《紅樓夢》的微塵眾生，也許是這一個無名無姓、偶然闖出來的小道士吧。微塵眾生，想到兀鷹、想到水獺，想到水獺口中嚼爛的魚、蟹，想到林木間偶然相遇的一水塘，水塘中盛放的紅蓮，其實我不知道他們之間的因果。

賈母到清虛觀，是為祈福而來，這一回的回目說：「享福人福深還禱福」。連用三個「福」字——這麼有福氣的人，這麼多福分了，還要祈求幸福！

我有時停下來想：「福分」是什麼？

一生富貴榮華的老太太，這一天，動念可憐一個嚇得全身發抖的孩子，這便是她的「福分」吧。她對自己的榮華富貴知福惜福，她對卑微生命的驚慌恐懼有不忍，對自己擁有的生死予奪權勢有謹慎，也有謙遜。

這就是「福分」吧。

「別叫人難為了他。」賈母這一句話，會不會像是清虛觀的晨鐘暮鼓，無論過往的人多少，無論聽到的人多少，無論聽懂的人多少，總要在清晨、傍晚，在心慌、心驚時，再一次敲響。

賈母說這話時，王熙鳳就在身邊，但是，她可能一時還無法聽懂。小道士撞到她，她一巴掌打下去，斥罵「小雜種」，她生在豪門望族，嫁到豪門望族，她是有

「福分」的人，但是，少了對自己榮華富貴的謹慎謙遜，王熙鳳也就少了賈母的「福分」吧。

王熙鳳後來對付尤二姐，手段狠戾殘酷，其實和她一巴掌打翻小道士一樣，沒有一絲不忍。她的榮華富貴，因此沒有了「福分」，不會長久。她下手毫不留情，她無法知道，自己也難逃因果。

《紅樓夢》多讀幾次，恍惚覺得並沒有真正的主角。主角是誰？賈寶玉？林黛玉？青埂峰下那一塊頑石？靈河岸邊那一株絳珠草？

讀到第六十三回，賈寶玉、林黛玉都不見了，主角又彷彿是尤二姐、尤三姐。

讀到第六十九回，尤三姐、尤二姐先後死了，一個刎頸，一個吞金。她們來過，又都走了，紛紛擾擾一場，有人感嘆惋惜，有人落寞悽愴，但也就慢慢淡忘了。像礁石上殘留的魚骨、蟹夾，兀鷹、海獺都不會記得，浪潮來去，山與海都無動於衷，一點殘跡，很快也就沒有了蹤影。

從鳶飛魚躍的港邊走回森林，偶然遇見一池，池中有雲天倒影，紅蓮盛放，我還是欣喜萬分，覺得是一天裡莫大的福分。

紅樓二尤

尤二姐、尤三姐的故事是突出的，在一部大小說裡也非常獨立。把第六十三到六十九回抽出來，幾乎可以是完整的一個中短篇。戲劇裡早有人編了「紅樓二尤」，在舞台上單單講這兩位女性的故事。但是看「紅樓二尤」，總覺得不是《紅樓夢》，編劇很完整，沒有遺漏什麼細節，導演、演員也都好，尤二姐的善良溫馴，尤三姐的潑辣叛逆，表演都恰如其分。但是不知道為什麼，還是覺得不是《紅樓夢》。

每次看「紅樓二尤」，或者《紅樓夢》改編的戲劇、影視，回家就習慣再拿出《紅樓夢》原書來看。想知道抽出小說一部分改編成戲劇，和慢慢一日一日閱讀《紅樓夢》，到底不一樣在哪裡？

以尤二姐、尤三姐的故事來看，只是大小說裡很小一部分。真的像礁石上殘留的魚骨蟹夾，浪潮來去，頃刻就不見蹤影。

這兩個年輕女子，名義上是寧國府賈珍妻子尤氏的妹妹，算是貴族的近親。但是，其實並沒有一點血緣關係。尤二姐、三姐的母親尤老娘，是尤氏繼母，嫁過來時，帶了跟前夫生的兩個女孩兒，就是尤二姐、三姐。因此賈珍妻子尤氏，跟這兩個妹妹，不同母親，也不同父親。

尤氏公公賈敬突然暴斃，喪事忙碌，沒有人料理，才把繼母接來，在寧府看家，尤老娘也就帶了兩個未出嫁的女孩兒，一起住進賈府。

大概知道一點身世背景，很快就能感覺到這兩個美貌的女子，其實出身卑微，如同微塵眾生，有機緣住進榮華富貴的公爵府，似乎是幸運，卻都因為涉世太淺，天真無邪，對貴族男子玩弄人的手段無知，對權貴世家作踐欺壓人的本事全無對抗能力，最後一一都死於非命。

尤二姐、三姐的受辱、死亡，是大小說懺悔錄形式對家族批判的關鍵。小說在這兩人陸續死亡之後，繁華就急轉直下，好像家族盛旺上百年的福分已到盡頭。七十回以後，雖然林黛玉試圖重建「桃花社」，賈母過八十大壽，看起來外表冠冕堂皇，還興盛熱鬧，沸沸揚揚，然而內裡腐敗的氣味已經一陣一陣襲來，貪瀆、索賄、離散、死亡，接二連三，作奸犯科，藏汙納垢，接踵而來，家族一步一步走向沒落，已經無法挽回大局了。

所以，尤二姐、尤三姐死亡，時常讓我想到賈母在清虛觀心疼護衛的那個小道士，賈母下令：不可以為難了這孩子。

好像家族盛旺的福分，原來是冥冥中的寬容。或許，慈悲、對生命不忍，都是福分的原點。雖然身在福分之中，自己知福惜福，也同時還是兢兢業業，為微塵眾生祈福，因為知道天地間有我們看不到的因果。

「紅樓二尤」是大小說大因果裡不可分割的部分吧，抽出來，可以獨立，但只是故事；放回整部小說中，就有了因果。

尤二姐、三姐都漂亮，又都出身「小門小戶」，賈家豪門一向玩「美眉」為樂的男子，動念要染指了。關鍵的人物是賈蓉，他跟這兩個美貌阿姨都關係曖昧，他也知道自己老爸賈珍，也覬覦這兩個小姨子的美貌。賈蓉也看出來堂叔賈璉對尤二姐有意思，就唆使賈璉瞞著王熙鳳，在小花枝巷買了房子，置辦家具，金屋藏嬌，瞞著王熙鳳娶尤二姐為妾。

賈蓉知道王熙鳳凶，賈璉懼內，他真正的目的就是讓笨賈璉花錢養女人，自己和老爸都可以抽空去玩。

賈家權貴男性的骯髒卑劣不堪，在尤二姐、尤三姐一段，全部曝露無遺。作者在寫自己家族，一定心痛，然而他是在寫家族懺悔錄，對兩個平民女性的受辱、死亡，念念不忘。

《紅樓夢》的作者不斷思考「情」的意義，情深如此，然而作者開宗明義也說過：「情既相逢必主淫。」

「情」與「淫」，撲朔迷離，交錯糾纏成小說人物的沉淪與昇華。尤三姐看穿了賈家幾個男子玩弄她們姐妹的把戲，她在小說裡劈打賈蓉，摟著賈珍、賈璉玩「轟趴遊戲」。尤三姐豁出來，大膽說：「將姐姐請來，要樂咱們四個一處同樂。俗語說『便宜不過當家』，他們是弟兄，咱們是姐妹，又不是外人，只管上來。」

《紅樓夢》裡對女性肉體露骨的描寫，也集中在尤三姐一人身上：

> 這三姐索性卸了妝飾，脫了大衣服，鬆鬆的挽個髻兒，身上穿著大紅小襖，半掩半開的，故意露出蔥綠抹胸，一痕雪脯。底下綠褲紅鞋，鮮豔奪目，一對金蓮或翹或並，沒半刻斯文。兩個墜子就和打鞦韆一般，燈光之下，越顯得柳眉籠翠，檀口含丹。本是一雙秋水眼，再吃了幾杯酒，越發橫波入鬢，轉盼流光。

「綠褲紅鞋」、「一痕雪脯」、「一對金蓮或翹或並」、「檀口含丹」，這是

《紅樓夢》裡最像《金瓶梅》的一段了。作者究竟在寫「淫」？或是寫「情」？顯然《紅樓夢》作者極力書寫尤三姐這一人物，她的「淫」與「情」，在傳統女性書寫裡，獨具一格。

戲劇改編的尤三姐，常常看到她「淫」的潑辣，卻不容易看到她「情」的深沉。尤三姐似乎是被逼受辱到極點，用庶民百姓的「無恥老辣」反擊了。她戳破仕紳貴族虛偽假道學的面具，她處處表現「錫瀏淫浪」、「淫情浪態」，顛覆權貴男性玩弄女子的把戲。

作者說得好：「竟真是她嫖了男人，並非男人淫了她。」

尤三姐是《紅樓夢》作者極力刻畫的人物，她像是警幻仙姑在人間的替身，是小說裡少數能夠徹底勘破「淫」與「情」的先知性人物，是能夠走出「淫」、「情」迷障的領悟者吧。

尤三姐玩了所有「淫」的把戲，卻堅守著內在心靈世界「情」的潔淨清明，她用鴛鴦劍自刎而死，魂魄回來，最後對柳湘蓮說的是：

「來自情天，去由情地。前生誤被情惑，今既恥情而覺，與君兩無干涉。」

這像是《紅樓夢》作者借尤三姐之口說出的「偈語」吧！

尤三姐死亡於自己剛烈的執著，寧為玉碎，落入寧國府那樣骯髒的泥沼，也只有以死亡完成自己的清潔乾淨。

她對一生等待、最愛的人說：「與君兩無相涉。」

我們有一天可以對最愛或最恨的人說「與君兩無相涉」嗎？

我還是在想佛經上的一句話：「於一切有情無憎愛。」

無「憎」無「愛」，憎恨和眷愛，海獺、魚蟹、兀鷹、水塘、紅蓮，或者眼前這一片像小說的風景，能夠無憎恨、無眷愛嗎？

《紅樓夢》最終想說的「情」的領悟，沒有黏膩、沾著，沒有瓜葛、牽連，只是「與君兩無相涉」吧！

尤三姐與柳湘蓮的結局，或許是作者讓家族眾多人物從「淫」、「情」糾結轉向結尾的一個重要預告。

尤三姐走了，柳湘蓮恍恍惚惚，來到一所破廟，廟旁一個瘸腿道士捕虱，柳湘蓮問道士：這是哪裡？你是何人？

道士笑道：「連我也不知道此係何方，我係何人，不過暫來歇足而已。」

也許，微塵眾生，也都是「暫來歇足」吧。旅途漫長，每一處停留，也都是暫時來歇歇腳，或許並無關天地的因果。

作者說：「情既相逢」，作者也說：「與君兩無相涉」……

二〇一四年七月卅一日大暑立秋之際於溫哥華

紅樓夢小人物

III

微塵眾

一

一條裙子

香菱大紅綾子的石榴裙，第一次上身，弄髒了，當然懊惱。
像我們自己，第一天入學，新制服弄髒了的難過。
弄髒了，如果不在乎，覺得是小事，無所關心。
以後長大，這個人呼天搶地，好像關心大事，也大多只是矯情誇張吧。

《紅樓夢》第六十二回，從賈寶玉過生日談起，帶出幾個人物的生辰日期。寶玉過生日，那一天芍藥花盛開，節氣應該是接近清明、穀雨之間吧。巧得很，這一天，也是平兒、邢岫煙、薛寶琴這三個女孩兒的生日。

長久以來，許多學者讀《紅樓夢》，習慣尋找作者的隱喻。文學創作當然有時有隱喻、象徵，鋪設弦外之音。但是，太過拘泥在索隱象徵的泥沼裡，也可能誤入陷阱，只看到自己主觀預設好的「索引」框架，忽略了作者自由自在書寫真實現象的精采。

六十二回四個人物的同一天生日，究竟是作者的暗喻，還是偶然巧合的現象，或許耐人尋味。索引、考證不會完全沒有意義，只要不強做結論，也就不會作繭自縛。無論索引考證，出入於若即若離之間，保留一點彈性，作者書寫的自由不會被霸道箝制，也同時可以保有讀者閱讀的自由，或許才是還原一部偉大文學作品真相的途徑吧。

現代年輕人喜歡談星座，也有人把《紅樓夢》中的人物試圖用現代星座來列表。《紅樓夢》裡人物的生日多是舊曆，換算成現今通用的陽曆，並不準確。例如林黛玉的生日，和襲人同一天，是舊曆二月十二日。按常理來說，大約在春分前後，陽曆的三月中、下旬，比較接近白羊座。但是舊曆逐年不同，遇到有閏月，差距也可能很大。況且深入西方星座的朋友，也用年、月、日、時、地點，五個因素，共同互動，觀察一個人出生時天空星座太陽宮、月亮宮，乃至金星、水星、木星、土星等各方面的影響，很難僅憑一個日期，就斷定性格的傾向。

六十二回有趣的地方，是細說了個人的生日，好像有隱喻暗示，細讀後卻無一定線索。例如，賈元春是生在舊曆一月一日元旦，大家都覺得她命大福大，後來果然選入宮做了貴妃。但是作者似乎並不覺得元春命好，回家省親、元妃見父母親人一段，寫得特別悽愴。

關於生日，六十二回裡還特別提到的有賈母與薛寶釵。她們兩人是同一天生日，都是「燈節剛過」，燈節就是舊曆一月十五的元宵節，看來這兩個人水瓶座的可能性很大。

現代青年人讀《紅樓夢》，當然可以有自己的讀法。不理睬老派學者匠氣的索引考證，也一樣可以有切入的有趣方式。本來是小說，不矯揉造作、故作正經八百，不賣弄總覺得別人看不到的「學問」，大概就能以平常心與作者素面相見。看來許多《紅樓夢》索引，離開了小說文本，也就只是畫地自限了。

寶玉生日這天好不熱鬧，姐姐妹妹都來了，擠得怡紅院滿滿一屋子人，喝酒、行令、划拳。史湘雲像男孩子，本性豁達瀟灑，喝多了酒，昏昏暈暈，獨自逃離眾人，走去花園醒酒。看到青石板凳，睏倦了，蒐羅地上掉落的芍藥花，把花瓣包在絹帕裡當枕頭，枕在頭下，就在石凳上睡著了。芍藥花瓣，一一掉落，覆蓋她滿滿一身都是，香夢沉酣，蜂蝶環繞，是《紅樓夢》裡鮮明而讓人難忘的美麗畫面之一。

常常在三月、四月走過台灣校園，杜鵑或羊蹄甲盛放，也常見青年學生，或坐或臥樹下，有四仰八叉、臉上蓋一本書呼呼大睡的，也有一臉專注深情、用落花在草地上排成字的。沉溺如此，放肆如此，都讓我想到史湘雲的「醉臥芍藥裀」。青春可以如此沉溺放肆，也才真是青春吧。

我喜歡《紅樓夢》大觀園裡青春的慵懶、放肆、耽溺，與無所事事。大觀園外紛紛擾擾，世俗的鄙吝、骯髒、瑣碎，都到不了大觀園。世俗的爭名奪利、爾虞我詐，也到不了大觀園。世俗煞有介事的忙碌、煞有介事的一本正經、煞有介事的正義凜然，在大觀園的「無事」比較下，都顯得如此誇大張揚、矯揉造作。

大觀園沒有大事，大觀園的大事就是四個人同一天過生日，喝酒行令。大觀園的大事，就是史湘雲醉臥石凳，在紛紛掉落的芍藥花中睡著了。大觀園的大事，就是香菱的新裙子，拖在泥水裡弄髒了，她極懊惱，寶玉趕來，替她換了新的裙子。

香菱大紅綾子的石榴裙，第一次上身，弄髒了，當然懊惱。像我們自己，第一天入學，新制服弄髒了的難過。弄髒了，如果不在乎，覺得是小事，無所關心。以後長大，這個人呼天搶地，好像關心大事，也大多只是虛張聲勢、矯情誇張吧。

第六十二回結尾，香菱跟芳官、蕊官、藕官、荳官，幾個戲班女孩兒玩耍。香菱在草叢裡發現一枝並頭結花的「夫妻蕙」，被荳官嘲笑，說香菱丈夫薛蟠不在，香菱想男人了，就胡謅出一個「夫妻蕙」。兩人笑鬧，滾在草地上，香菱的裙子就被泥水沾汙了。

眾人一哄而散，獨獨香菱一個人站著，看著裙子滴著髒水，沮喪懊惱。

寶玉手裡拿著一枝「並蒂菱花」來，看到香菱懊惱心疼裙子髒了。寶玉想到襲人剛做了一條新裙子，一模一樣，就叫香菱站著別動，趕緊跑回家，讓襲人把新裙子送來，給香菱換上。

寶玉心裡想著：香菱是從小被人口販子拐賣的，沒有父母親人照顧，被人又打又罵。長大了，賣給薛蟠做妾，薛蟠粗魯花心，也不知疼惜。倒是跟寶釵住進大觀園，學寫詩，真正無事悠閒，享有了一段美好青春。

看到香菱換下汙髒泥水的裙子，煥然一新，寶玉開心，彷彿覺得這才像個對的人生。這個青少年，他沒有大志願，他的大志願就是希望人人乾淨漂亮吧。

寶玉蹲在地上，用樹枝挖了一個坑，拿落花墊在坑底，把「夫妻蕙」、「並蒂菱」放進去，又用落花覆蓋了，用土掩埋妥當。

因為挖土葬花，寶玉滿手泥汙，還被香菱數落了一頓，叫他快去洗手。

《紅樓夢》這樣說著小事，天長地久，好像回憶起來，生命裡可以紀念的，也都只是這樣的小事。

手髒了，就去洗手。《紅樓夢》的小事，娓娓道來，看習慣了，讓我聽到激動誇大的言語、叫囂的聲音，就默默遠遠離開了。

「並蒂菱花」彷彿在隱喻香菱，但那是學者寫論文關心的，對讀小說的人而言，也不一定特別重要。

其一（林黛玉）

落霞與孤鶩齊飛，
風急江天過雁哀，
卻是一隻折足雁，
叫得人九迴腸，
——這是鴻雁來賓。
榛子非關隔院砧，
何來萬戶擣衣聲？

其二（史湘雲）

奔騰而砰湃，
江間波浪兼天湧，
須要鐵鎖纜孤舟，
既遇著一江風，
——不宜出行。
這鴨頭不是那丫頭，
頭上那討桂花油？

其三（史湘雲）

泉香而酒冽，
玉碗盛來琥珀光，
直飲到梅梢月上，
醉扶歸，
——卻為宜會親友。

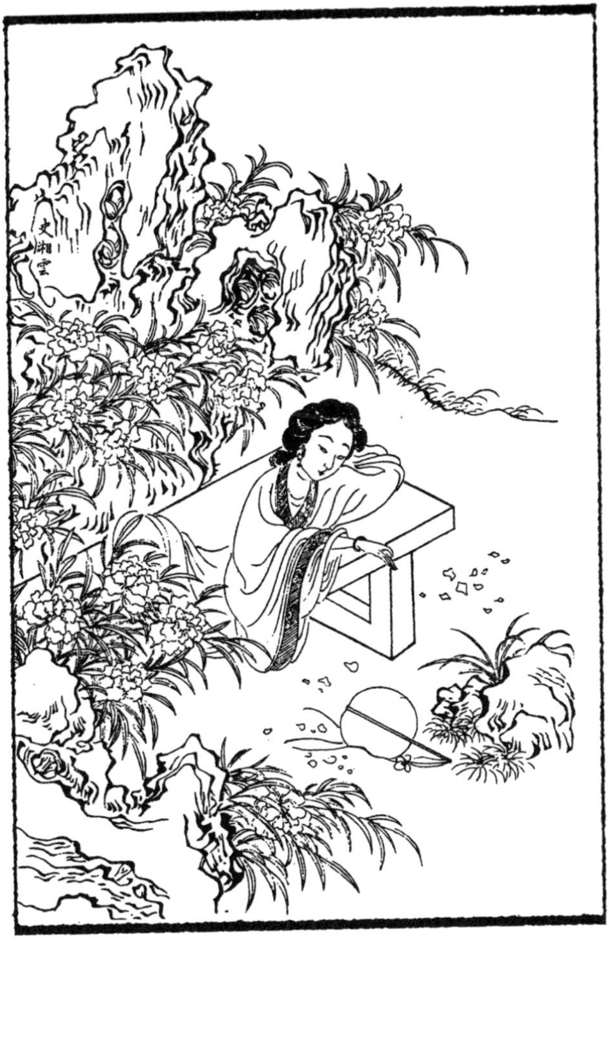
史湘雲

二

私密生日派對

回憶起來，青春如此荒誕，青春的沾沾自喜、青春的自以為是，
都在睜一隻眼閉一隻眼的大人們的好笑、擔心與包容中，匆匆如流水逝去。
那一天，關了院門後的怡紅院，真是華美、幸福、亮麗。
那是一次多麼美好的私密的聚會，覺得大人們都不知道，所以特別開心。

《紅樓夢》第六十三回，怡紅院幾個丫頭辦私密生日派對，給寶玉慶生。賈寶玉生日，貴族豪門都有賀禮，這個十幾歲的青少年，也煞有介事，盛裝出席，應酬寒暄。

寶玉出身世家，他是有教養的，跟政商名流應酬寒暄，他當然也會。但是一個人只活在敷衍的社交裡，生活也太無趣了。這個青少年，最親密的人，其實是從小服侍他洗臉、梳頭、吃喝、睡覺的身邊的丫頭們。

襲人、晴雯、麝月、秋紋，年齡大他兩三歲，他都叫姐姐，她們也心疼這個弟弟，每個人湊了五錢銀子，做生日派對的基本費用。其他四個小丫頭，芳官、碧痕、小燕、四兒，或與寶玉同歲，或比他小，每個人就出三錢銀子。湊足了三兩二錢銀子，交給大觀園主廚柳嫂子，準備了四十碟小菜，還跟平兒要了一罈上好紹興酒，私藏起來，準備生日這天晚上關了院門，瞞著大人，好好私下慶祝熱鬧一番。

寶玉應酬生日壽宴，有點疲倦厭煩了，聽到身邊姐姐妹妹給他過私密生日，卻高興極了。但他聽說這幾個丫頭自己私下掏腰包湊錢，就擔心起來，說了一句：「她們是哪裡的錢，不該叫她們出才是。」我喜歡晴雯的回答，她說：「這原是各人的心，哪怕她偷的呢。」

今天大概不會有家裡菲傭、印傭出錢給主人過生日。如果有，主人未必會體貼傭人沒錢，傭人也不會如此回答：「這是我的心意，哪怕是我偷來的錢。」

《紅樓夢》是奇特的小說，我常常沒把它當小說讀，總覺得它透露的生命現象，即使在今天，也還是一個夢想吧。

新加坡青年導演陳哲藝的電影「爸媽不在家」，觸碰了類似的情節，也讓我震動非常。曾經在香港酒樓看到一桌一桌主人歡唱生日快樂歌，門旁邊一排菲傭、印傭、泰傭呆坐著，心裡總不舒服，但我告訴自己：是的，她們是傭人，不是家人。

然而，三百年前，為何怡紅院的主人、丫頭，可以一起過私密生日派對？

賈寶玉在世俗影視裡，總被塑造成一個柔順有點娘的青少年。但是，他或許恰好相反。我總覺得寶玉是叛逆酷兒的老祖宗，拍成電影，我希望他更像「養子不教誰之過」（Rebel Without a Cause）和「天倫夢覺」（East of Eden）裡的詹姆斯・狄恩（James Dean），皮夾克、牛仔褲，臉上未必有冷漠虛無，心裡卻對世俗的貧富階級倫理有許多不屑。

蔡明亮也許是華人影視裡最可以碰《紅樓夢》的導演，他曾經讓背叛倫理的哪吒到了西門町，自然也可以讓賈寶玉顛覆一下華人仕紳世界的庸儒偽善吧。

《紅樓夢》第六十三回，常讓我想到大學時違反校規，在宿舍私下吃火鍋。學校宿舍限制用電，也考量安全吧，嚴格禁止在宿舍煮火鍋。但是冬天天寒地凍，我們學校在山上，屋裡沒有取暖設備，有同學歲末過生日，大家就早早謀算著在宿舍裡吃火鍋。前一兩天就陸續有人把鍋碗瓢盆分批偷運進去。坐在門口虎視眈眈的舍監，偶然遇到正在逡巡查訪的教官，大概心裡也都有數，卻又裝作無事，或許叮嚀一句：「不要在寢室裡吃火鍋喔！」還加上一句：「關著窗戶，一氧化碳中毒很危險的。」

末了一句，像是警告，也像是提醒。

《紅樓夢》六十三回，開私密生日派對當天，寶玉猴急，天沒暗就叫關院門，襲人罵寶玉是「無事忙」，回答說：「這會子關了門，人倒疑惑。」

看到這一段，會心一笑，當年宿舍寢室開私密火鍋宴，我們鬼鬼祟祟，自以為天衣無縫，瞞天過海，現在想來，大概舍監、教官也早早知道了。

六十三回，那天傍晚，管家林之孝的老婆，就帶了查夜巡視的婆子來了。晴雯隔著窗戶，看上夜的提著燈籠，就說：「她們查上夜的人來了。這一出去，咱們好關門了。」

我想起來，吃火鍋前，宿舍舍監忽然來了，大家忙著藏沙茶醬、茼蒿。舍監站在寢室門口，無事跟我閒聊，談天氣、談校規，忽然談起他老爸吃火鍋吃到火氣大，要去買杭菊下火。

這一天站在怡紅院門口的管家們，也一樣嘮嘮叨叨不停。叮嚀丫頭不可以「耍錢」、「吃酒」，叮嚀寶玉要「早些睡」，知道寶玉吃生日麵，「怕停住食」，不消化，就建議喝點「普洱茶」，又叮嚀寶玉不可以直呼丫頭名字，要叫「姐姐」，才有禮貌。

晴雯性情急，管家前腳才走，她後頭就抱怨：「這位奶奶哪裡吃了一杯來了，嘮三叨四的，又排場了我們一頓去了。」

現在想起來，大概早有人通風報信，管家們心裡也有數，知道怡紅院這晚上要搞「轟趴」吧。我們宿舍的舍監，應該也不會無事跑來說他老爸上火的事。

回憶起來，青春如此荒誕，青春的沾沾自喜、青春的自以為是，都如此在睜一隻眼閉一隻眼的大人們的好笑、擔心與包容中，匆匆如流水逝去了。

那一天，關了院門後的怡紅院，真是華美、幸福、亮麗。那是一次多麼美好的青春私密的聚會，覺得大人們都不知道，所以特別開心。

花梨圓桌，四十碟小菜，火盆上篩酒，襲人、晴雯都帶頭「卸去正裝」。頭上沒有釵、環、珠寶累贅，身上沒有錦繡綾羅束縛，這一晚，青春回到如此單純的青春。

賈寶玉倚著一個靠枕，不知道為什麼，我老記得那靠枕是「玉色夾紗」的面子，裡面裝的是「各色玫瑰、芍藥花瓣」。十四歲的少年，一直嗅聞到一陣一陣的玫瑰、芍藥的香氣，因為「夾紗」的料子是透氣的，做了靠枕，裡面花瓣的氣味就慢慢釋放出來，一片甜香，瀰漫在夜晚微涼的空氣裡。

三

芳官耳墜

故事撲朔迷離，若即若離，說著芳官右耳眼內的「玉塞子」，
左耳垂上的「硬紅鑲金大墜子」，作者彷彿淚眼婆娑，
這麼真實，然而都已成夢幻泡影了。
堅持細節的記憶，竟是唯一對抗夢幻泡影的方式嗎？

有時候，《紅樓夢》裡一個人物的畫面，常讓我讀了又讀。想像那個畫面的色彩、質感，想像那個畫面中的情境，想像那個畫面中閃爍的光。就像第六十三回裡，寶玉生日夜宴那一晚上的芳官，芳官的衣服和耳墜。

三百年來，《紅樓夢》有好幾種不同版本的繡像、版畫、插圖。改琦的版本很好，古典優雅，對人物造型的捕捉文學性很高，也有自己的美學風格。近代一些人物插圖，即使出自名家，往往有造型而無意韻，粗看華麗，但多俗豔落實，少了《紅樓夢》華麗與回憶間迷離恍惚的美學距離。沒有餘韻，無法品味，也就與原作者的精神相差甚遠了。

文學從文字描述轉換到美術視覺的具象呈現，本來不容易。《紅樓夢》是小說，有故事，有情節，有人物個性，有具體服裝、頭飾，美術家容易被文字的描述框架囿限，亦步亦趨，自然掉進「插畫」侷限。插畫說故事情節可以，但是要碰觸人物內心幽微處的狀態，常常就有誤差。

改琦畫元春，一個嫁到皇宮的貴妃，地位崇高，一般人不能輕易接近。改琦把元春畫成背面，鳳冠霞帔，坐在椅子上，面對一樹繁花。讀者看不到她正面，卻更多了想像與神祕空間，也多了一層茫然與空虛。這是改琦版本的高明處。

但是改琦版本年代已久，古典優雅有餘，對現代讀者而言，純線條性的素色版畫，或許已經很難帶引起《紅樓夢》華麗繽紛的現代感。

西方古典，像希臘神話，像基督教聖經故事，是不斷被美術家一再重新詮釋的。中世紀、文藝復興、巴洛克，一直到近、現代，都有人對古典大膽顛覆，以全新的角度切入，讓古典得以在青年一代心中重新復活。《紅樓夢》也應當如此，真正的古典，必須是活水，有源源不絕的源頭加入，才能得以廣大，也得以長久。

《紅樓夢》應當可以啟發更多現代的文字、美術、戲劇、影視的工作者，大膽做新的解讀，讓這一部傑作，在青年心中復活，不會死在少數「考證家」手中。

因此，六十三回芳官那一晚的身體畫面，讓我想了又想。那畫面不是改琦的素淨，那畫面迷離繽紛，讓我想起十九世紀末、二十世紀初法國的那比（Nabis）畫派，想起牟侯（Gustave Moreau）的「莎樂美」；想起魯東（Odilon Redon），他的色彩都像是碎為微塵的寶石的光；想起波納爾（Pierre Bonnard），人在夕陽燦爛的光裡閃爍恍惚，分不出是幸福，還是哀傷。

那一天晚上，芳官叫著：「熱啊！熱啊！」一個約莫十二、三歲的少女，學過戲，舞台上扮杜麗娘，唱過「遊園」、「驚夢」，戲班散了，分在怡紅院做丫頭，大家都寵她。這一晚她先和寶玉划拳，喝起酒來了。

芳官把大衣服脫了，「只穿著一件玉色紅青酡絨三色緞子斗的水田小夾襖」。看到這一句，我停了好久，玉色、紅黑色、醉酒般的紅暈色——「酡」，零碎小緞子布頭，一塊一塊，像水田一樣，拼裁成的小夾襖（許多版本把「酡絨」誤寫作「酡絨」）。

我記起童年時孩子們蓋的被子，被面常常是用許多零碎布，像「水田」、像「斗方」一樣拼接而成，像僧侶的「百衲衣」。大人們講究，這些零碎布，還必須是從各家各戶蒐集而來，為的是給孩子蓋被子時能集眾家的福氣。

原來覺得是因為貧窮，撿拾各家剩布拼湊做被子，有了如此惜福的解釋，也讓蓋這樣被子的孩子可以體會珍重福分吧。

傳統戲曲裡也有出身貧窮或落難書生穿的「百衲衣」，因為貧窮，遍身都是補丁。然而以前戲曲老師都說，穿這樣衣服的人，在戲裡頭以後都能發達。

民間庶民百姓，或許有對「祈福」更深意義的解釋吧。我的童年，看過許多穿破爛補丁衣服的窮苦人，這對現代年輕人而言，或許已經很遙遠，沒有穿補丁衣服的經驗，也不容易體會「水田」、「斗」這些縫紉裁剪上專門的字眼了吧。

寶玉這個小少爺過生日，這一天，也是貧窮丫頭集資攢錢給他祝壽，像各家零碎的布頭拼成為小孩積福蓋的百衲被子。

芳官這一天真美，一條水紅撒花的夾褲，腰上繫著柳綠的汗巾子。「水紅」、「柳綠」，也像她初初長成的青春，透著嫩青的芽，豔紅花蕾初綻。

芳官的頭髮編成一圈小辮子，小辮子「總歸至頂心，結成一根鵝卵粗細的總辮，拖在腦後」。

作者的記憶如此清晰，他沉緬在小到驚人的細節回憶裡。芳官「右耳眼內只塞著米粒大小的一個小玉塞子」。我停下來想這一畫面，想像善於用特寫鏡頭的導演，善於用停格的導演，把鏡頭推到如此近，停留這麼久，螢幕上放大著耳垂，耳垂上一粒米粒大的玉，塞在耳眼裡。

《紅樓夢》的電影，也許要這樣拍攝細節吧。

然後，作者繼續說著芳官的左耳──「左耳上單帶著一個白果大小的硬紅鑲金大墜子」。「玉粒」、「硬紅鑲金」，芳官的頭飾都卸去了，然而她的兩個耳飾如此鮮明。作者彷彿想了又想，很篤定地在紙上寫下了他數十年前少年時一個晚上的記憶。

急著要告訴別人什麼，很難說迷人的故事；急著要表現自我，也很難把故事寫好吧？故事撲朔迷離，若即若離，說著芳官右耳眼內的「玉塞子」，左耳垂上的「硬紅鑲金大墜子」，作者彷彿淚眼婆娑，這麼真實，然而都已成夢幻泡影了。堅持細節的記憶，竟是唯一對抗夢幻泡影的方式嗎？

作者似乎要說芳官很美，美極了。然而他沒有說，他說的是，忙著擺設酒宴四十碟果子的眾人，都停下來看，看芳官，看寶玉，說了一句：「他兩個倒像是一對雙生的弟兄。」

是的，作者不是要講美。他知道，此世有緣相遇，他們不是主僕，他們都有天上孿生的族譜印記。

四

花譜

寶釵是「牡丹」，黛玉是「芙蓉」，探春是「杏花」，
李紈是「老梅」，湘雲是「海棠」，襲人是「桃花」——
這一個晚上，她們占出了自己生命在天上花譜裡的位置角色。
每一種花，用自己的方式存活，原來無關貴賤尊卑，它們，只是不同。

寶玉慶生，怡紅院八個大小丫頭湊錢夜宴慶祝。後來覺得光自家人不夠熱鬧，又邀了黛玉、寶釵、寶琴、李紈、探春等人。十幾個少女，喝酒行令，鬧到近半夜，一罈酒都喝光了。丫頭芳官跟寶玉划拳猛灌，喝到心跳如擂，襲人看大家都醉了，便把芳官扶在寶玉身邊同榻睡了。少男少女，次日醒來，發現睡成一堆，都有點靦腆。

《紅樓夢》的作者似乎不斷透露，他們青春正盛，沒有性別間隔，也沒有主僕貴賤之分。他們有的只是前世天上的族譜，此生來到人間，可以這樣相親、相倚靠。

六十三回慶生宴上玩「占花名」的酒令遊戲，每個女孩兒占出不同的花。寶釵是「牡丹」，黛玉是「芙蓉」，探春是「杏花」，李紈是「老梅」，湘雲是「海棠」，襲人是「桃花」——這一個晚上，她們占出了自己生命在天上花譜裡的位置角色。

「牡丹」下面附有唐代羅隱的一句詩：「任是無情也動人。」這是側寫寶釵內心世界的隱喻嗎？寶玉手裡拿著那一支花名籤，翻來覆去口中唸著：「任是無情也動人。」如此「動人」，卻是「無情」，大約讀者也跟寶玉一樣，翻來覆去，咀嚼揣摩這一句詩的深意。

然而作者如此沉得住氣，他總不透露是與非，對每一個生命心存悲憫。尊重每一個生命都有他人不盡然知道的存在意義，就不會對眾生妄下自己武斷粗暴的評論吧？文學的好與粗鄙，分界也常就在此。

李紈的花是一株老梅，籤上寫著「霜曉寒姿」，下面有一句宋代王淇詠梅花的詩句：「竹籬茅舍自甘心。」李紈年輕守寡，在大觀園中住在「稻香村」，摒棄一切繁華縟麗、花紅柳綠，她真的是「竹籬茅舍自甘心」。

《紅樓夢》的作者相信，冥冥中有一種宿命，每一種花，用自己的方式存活，原來無關貴賤尊卑，它們，只是不同，各有各的尊嚴。

牡丹、梅花、桃花、杏花，各自完成自己的生命。在大觀園的花譜中，也各自有各自的位置。

或許，《紅樓夢》的作者有時也有兩難矛盾，究竟如何排出名次？如果寶釵已經占出了「牡丹」，籤上有「豔冠群芳」四個字。「冠」是冠軍，是第一名嗎？如果薛寶釵是「第一名」，作者心中如此疼惜的林黛玉將放在什麼位置？

第一次看《紅樓夢》，看到一個一個占花名，很晚才輪到黛玉，不禁緊張起來。在寶釵的「豔冠群芳」之後，林黛玉占出任何花，不都是「第二名」了嗎？《紅樓夢》的作者會捨得讓他最心疼的妹妹放置在「第二」這個角色上嗎？

我們大多都在一個習慣排名的社會長大，從懂事開始，就不斷被排名。學校課業要排名，考試要排名，參加任何比賽都要排名。第一、第二、第三，不知不覺間，我們的人生全部淪陷在排名的泥沼中。排名像一條可怕的無形鎖鍊，久而久之，不自覺的爭強好勝者，所有的關注都只在排名上，做任何事都跳脫不出排名的焦慮痛苦。

跳脫不出排名，也就永遠不會知道自己存在的真正價值與意義吧？

華人讀書，近百年來，都只為了考試。考試是比賽，狀元、探花，想盡辦法打敗他人，不擇手段打敗他人。在知識分子間的爾虞我詐、誣陷踐踏、嘲笑謾罵，伎倆手段也比各行各業踏實生活的庶民百姓更為嚴重。

《紅樓夢》的作者一向厭恨為了考試排名的讀書方式，他給那些脖子上掛著排名鎖鍊的人取了一個名稱叫「祿蠹」——名利的蛀蟲。

三百年前，《紅樓夢》的作者是少數看破讀書——考試——做官這一排名鎖鍊的清醒的知識分子，他不屑、也不願讓自己的生命浪費在做名利蛀蟲的命運上。

他身邊的人對他威迫（父親賈政）利誘（丫頭襲人），要他走讀書、考試、做官這條路，然而他從不為所動。

賈寶玉平日何等溫柔包容，但是只要一勸他讀書、考試、做官，他即刻翻臉。一次薛寶釵說了這番勸導的話，寶玉也即刻變臉，毫不留情，「拿起腳來就走了」。襲人勸他，說幸好是寶釵，肚量大，若是林黛玉，這樣被對待，大概要鬧翻了。寶玉說了一句耐人尋味的話：「林姑娘從來說過這些混帳話嗎？」

賈寶玉唯一的知己是林黛玉，他們沒有結為夫妻的緣分，然而他們是知己，人世間許多夫妻也多不見得一定是知己。

續寫的《紅樓夢》裡，寶釵做了寶玉妻子。寶玉去考試，科舉得名，然而他與「祿蠹」之心甚重的妻子寶釵也還是貌合神離。

做了夫妻，而全無知己之情，大概才真是悲劇吧。

《紅樓夢》書中典型的「祿蠹」有賈雨村。賈雨村原是寄居廟宇的窮讀書人，受人接濟，進京考試。考上了，從一開始不會做官，到一步一步學會逢迎權貴，欺上瞞下，攀緣巴結，草菅人命，所有滿腦子只有「做官」的讀書人嘴臉，全被清楚勾畫了出來。

三百年前，《紅樓夢》的作者如此清晰地指出了一個民族知識分子的「祿蠹」之病，病入膏肓，使作者痛心疾首。如果生在今天的華人世界，他的痛心疾首會少一些嗎？

輪到林黛玉要占花名了，她自己也疑惑：「不知還有什麼好的被我掣著方好？」黛玉掣出的籤是「芙蓉」，下面註著四個字：「風露清愁」。這是生長在水上的花，連泥土都不沾，不需要排名，她只是完成自己。籤上一句歐陽修的句子：「莫怨東風當自嗟。」惋嘆、傷感、孤獨，也只是自己的事，原與他人都不相干。

五

汪恰鼻煙與依弗哪

脂硯齋是何許人，到目前還是個謎。但是，脂硯齋的批註常常透露
「他」（她）與《紅樓夢》作者有過非常親密的共同生活經驗。
如同此處的批註——「汪恰，西洋一等寶煙也」，
脂硯齋不只見識過西洋鼻煙，也知道「汪恰」是西洋鼻煙中的一等名牌。

《紅樓夢》書中有許多西洋物件，諸如劉姥姥第一次進榮國府看到的西洋掛鐘，她看不懂是什麼玩意兒，鐘擺搖晃，準點時如鳴鑼一樣的響聲，都把這鄉下老太太嚇了一大跳。

十七世紀，明末清初，西洋近代科技產業已影響到中國。來中國傳教的西洋教士大多擁有一技之長，以求立足於中國的宮廷，受皇室重用。天文、地理、美術、建築、機械，在康熙年代，宮廷裡就擁有許多各有專業的西洋教士。而前來朝覲或貿易的西洋使節船隊，也多奉獻許多西洋珍奇精巧的物件，供皇室、貴族、富商應用或玩賞。

方豪神父曾經考訂《紅樓夢》裡三十幾種西洋物品，他熟諳天主教來華傳教的歷史，考訂出清康熙年間，已經有西洋傳教士參與南京「織造局」的工作。如此，「江寧織造」家族出身的《紅樓夢》作者，自然有極大可能直接接觸西洋教士，他在書中自然而然也就會使用起西洋教士的母國語言吧。

長期以來，有許多學者、翻譯家關心《紅樓夢》裡的西洋語言。例如五十二回裡的「汪恰」洋煙、貼頭疼的膏子藥「依弗哪」，以及六十三回裡的「溫都里納」。

作者寫得最詳盡的是「汪洽洋煙」。「汪洽」二字，許多外國語文的專家考證詳細。後來改寫或續寫出版的《紅樓夢》，有些版本不了解外文，也不熟悉洋貨，反而把「汪恰」二字改掉了。

先看一下第五十二回原作者的敘述：晴雯因為大雪夜晚沒穿外套就跑到戶外，受了風寒，發燒、流鼻涕、咳嗽。寶玉著急，找了兩位中醫看，一次胡亂開藥，一次服了藥，只發發汗，「仍是發燒，頭疼鼻塞聲重。」

隔天寶玉覺得藥的效果不佳，就叫麝月「取鼻煙來」，讓晴雯嗅一嗅，寶玉認為「打幾個噴嚏，就通了關竅。」

麝月就去拿了鼻煙來，作者描寫細膩，裝鼻煙的是一個扁盒——「金鑲雙扣金星玻璃的一個扁盒」，寶玉「揭翻盒扇，裡面有西洋琺瑯的黃髮赤身女子，兩肋又有肉翅。」

十七、十八世紀西洋的鼻煙盒，琺瑯彩繪的「黃髮赤身女子」，「兩肋」還有「肉翅」，讓人想到巴洛克宮廷裡有翅膀的美麗裸體天使。

盒子外觀描寫完，下面才說到正題——「裡面盛著些真正汪恰洋煙。」

一般沒有外洋經驗、不使用鼻煙的讀者，讀到「汪恰」二字，自然就糊塗溜過，不會特別在意。

許多學者考訂「汪恰」二字的原文，都注意到「脂硯齋」批註這一小段時，有一行小字：「汪恰，西洋一等寶煙也。」

脂硯齋是何許人，到目前還是個謎。有各種不同的推論揣測，都還沒有結論。但是，脂硯齋的批註常常透露「他」（她）與《紅樓夢》作者有過非常親密的共同生活經驗。如同此處的批註——「汪恰，西洋一等寶煙也」，脂硯齋一定不只見識過西洋鼻煙，也知道「汪恰」是西洋鼻煙中的一等名牌。

依循中外許多人的考證，周策縱先生論述了非常詳盡的〈《紅樓夢》「汪恰洋煙」考〉。

例如，周文中介紹了「姜生女士（Harriet Johnson）所列舉的十八世紀經營鼻煙盒的商人之中，就有一家名叫Maximilian Vachette」，姜生女士認為「汪恰」是「Vachette」的音譯，來自經營鼻煙的西洋商人的姓氏。

周策縱先生看法卻不同，他考訂的結果認為：「汪恰」是鼻煙的產地譯名。周先生考證康熙年間最好的鼻煙生產在美國Virginia地區，因此他指出：「我相信『汪恰』洋煙，一定是Virginia或Virgin的譯音。」周先生又說：「由於康熙時代（1662～1722）西人來華者，尤其是西洋傳教士與清廷有往來者，以法國人最多，恐怕『汪恰』更可能是法文Vierge的譯音。」

周先生的考證甚至運用到語音學的歷史，他說：「從明清以來，西洋名字音譯成中文時，往往把原來的輕唇音（唇齒音labio--dental）變成了重唇音（雙唇音bilabial）。也就是說，V的聲母可以變成W的聲母。本來可譯作『浮』或『乏』的，卻譯成了『汪』。例如耶穌會會士法人Joannes Valat（1599～1696）的中文名字便叫做『汪儒望』。」

周策縱先生的〈汪恰洋煙考〉詳盡而有趣，但是《紅樓夢》的英譯者霍克斯（David Hawkes）也不同意，他認為鼻煙重要的是加入的香料，「汪恰」應是香料名稱，而非產地。

「汪恰」的考證還有人以義大利文「uncia」（一兩）來推測，認為是「數字」音譯。

《紅樓夢》的「考證學」，無論是中國、外國，一掉進去，都是汪洋大海。偶然讀讀有趣，最終還是回到小說文本重要吧。楊憲益夫婦英譯《紅樓夢》，就乾脆把「汪恰」二字譯為「wangchia」，避開了考證的糾纏。

第五十二回，寶玉給晴雯嗅了汪恰鼻煙，讓晴雯接連打了五、六個噴嚏，眼淚鼻涕直流。作者對鼻煙的效果顯然是非常清楚的。晴雯覺得「通快」很多，只是頭還有點疼，寶玉就說：「越性盡用西洋藥治一治，只怕就好了。」想起王熙鳳頭疼時常貼的西洋藥膏「依弗哪」，就叫麝月去要了半節，用火烤「和」了，貼在太陽穴上。

「依弗哪」被考證出來，是法國治感冒頭疼的藥「ephedrine」。有趣的是，辭典上指出，這種西洋藥來源於中國的「麻黃」，漢代就已經藥用，有兩千年歷史了。東方西方的交流互動，也許遠比一般人想像要早，固執於一隅，恰見其淺陋吧。《紅樓夢》或許從世界文學的視野去看，更能見其博大寬宏。

六

溫都里納

過生日時大概都要被逼著面對長大一歲的事實，然而寶玉即刻
玩起孩子的遊戲，假作真時真亦假，年齡、性別、姓名，都在「變妝」。
寶玉給芳官取了法文名字「溫都里納」，說是「金星玻璃」。
這一天，不只是男女變妝，也是東西亞歐的變妝。

《紅樓夢》第六十三回有一段情節，讀到時常使我覺得突兀。這一段，敘述寶玉要芳官改扮男妝，幾個戲班女孩兒葵官、荳官，也忽然都一一扮起男妝來了。

情節這樣開始：寶玉剛過完生日，去妙玉的櫳翠庵送了回帖，回到怡紅院，看到芳官梳了頭，挽起髮髻，「帶了些花翠」，寶玉就「忙命她改妝」。

我覺得突兀的地方，正是因為作者沒有說理由，看到芳官頭上戴了花，戴了珠寶首飾，就要芳官「改妝」，這「忙命她改妝」的「忙」字也用得突兀。

是什麼原因，寶玉突然要芳官改成男妝？作者像寫一段滑稽逗人發笑的情節，扮妝之後，連芳官的名字都改了。先改成「雄奴」，顯然要跟女性脫開關係，後來又再加上「耶律」的姓氏，「耶律雄奴」，聽起來像一個北方胡人小廝。最後，更有趣，寶玉索性用了福朗思牙（法蘭西）的西洋名字，把芳官叫做「溫都里納」，純粹是個小洋人兒了。

寶玉要芳官「改妝」，第一個是把「周圍的短髮剃了去，露出碧青頭皮來。」這有點像日本古代的武士，頭皮刮青，中間留一道髮。現代時尚少年酷兒也又流行這樣的髮式，四圍刮青，露出頭皮，頂上留一綹長髮，挑染成淺棕、紫藍或金色。

可以想像，十一、二歲，戲劇科班出身，舞台上亮麗的芳官，這樣打扮起來，一定有一種少年的帥氣。其實跟今日酷兒極像，都有一種中性的漂亮。

頭髮弄完，寶玉像導演一樣，要芳官戴冬天的大貂鼠帽子。這種帽子像野兔，俗稱「臥兔兒」，大概也是游牧民族少年英豪馬上馳騁騎射的裝扮。寶玉接著玩得更開心了，要芳官「腳上穿虎頭盤雲五彩小戰靴」，這讓人想起舞台上英姿風發的小將薛丁山，又建議芳官「散著褲腿，只用淨襪厚底鑲鞋」，完全是戲台上年輕武生裝束了。

芳官是戲班出身，雖然改了行，跟寶玉玩起扮妝來，就看得出她還是技癢。扮妝要徹底，寶玉就說：「改了男名才別致。」就給芳官取了「雄奴」的渾名。芳官很開心，她要求寶玉以後出門就這樣帶著「她」，像書僮茗煙一樣，馬前馬後，就當個小廝。寶玉覺得，到底別人還是看得出來是女扮男妝。芳官不以為然，她說：「咱家現有幾家土番，你就說我是個小土番兒。」

《紅樓夢》作者的家裡有「土番」，像是「外勞」吧，或許是胡人幫傭。寶玉想一想，的確當時官員也常有「外國獻俘之種」跟從。這些「外族」因為「不畏風霜，鞍馬便捷」，似乎特別擅長做隨扈，或者負責飼養訓練馬匹。

寶玉一樂，就給芳官的「雄奴」前頭又加了一個胡人姓氏，變成「耶律雄奴」。

寶玉給芳官改扮男妝的事一傳開，史湘雲樂極了，她本來就有男子性格，「束鑾帶，穿折袖」，把自己打扮成胡人武將。看到寶玉讓芳官變妝成男子，她也即刻讓自己的丫頭葵官變妝成男孩兒。

葵官原本是學「淨角」的，演花臉戲，因此「常刮剔短髮，好便於面上粉墨油彩。」今天戲班唱「花臉」、「黑頭」，像包青天、黃天霸，也都要額前剃髮，方便畫臉、上油彩。如果葵官原是唱花臉戲的，身上有武術底子，「手腳伶便」，扮起男妝就更有英豪之氣了。

這兩個戲班女孩變了妝，看得李紈、探春都愛，大夥就起鬨，把薛寶琴的荳官也打扮成一個小童，儼然是「戲上的一個琴童」。

戲班散了，原來唱戲的孩子分到各院，令她們學習針黹刺繡，學習家務瑣事，做安分守己的奴僕，漸漸忘了本業。結果被寶玉一撩撥，學戲的本性又復活了，史湘雲把葵官也改了名字叫做「韋大英」，諧音「惟大英雄能本色」。

這一段眾人玩「變妝」遊戲的情節，像一群沒有長大的孩子，然而這一段恰巧接在寶玉過生日第二天，使人覺得突兀，也使人不禁想追問一句：寶玉到底是過幾歲生日？

寶玉幾歲了？

讀著《紅樓夢》，一直沒有問：寶玉幾歲了？

寶玉的年齡像一個謎。

如果第五回賈寶玉做太虛幻境的夢，夢中第一次遺精，那時他應該是十三歲上下，初初發育的少男。匆匆數年過去，我們讀著讀著，到了第六十三回，忽然他過生日了，跟丫頭玩伴玩著孩子氣的「變妝」遊戲，好像又勾引我們心中起疑：寶玉到底幾歲了？

許多評論者說過，《紅樓夢》裡人物年齡的撲朔迷離，沒有一定邏輯。我覺得有趣的反而是：寶玉內在拒絕長大的心理狀態。剛過完生日，過生日時大概都要被逼著面對長大一歲的事實，然而他即刻玩起孩子的遊戲，假作真時真亦假，年齡、性別、姓名，都在「變妝」。第六十三回這一段遊戲，或許也頗耐人尋味吧。

寧國府尤氏帶了幾個丫頭侍妾來玩，聽不懂什麼「耶律雄奴」，就胡亂叫做「野驢子」。寶玉擔心芳官被無知人嘲笑「作踐」，就說起「海西」「福朗思牙」國的法文來了。這「福朗思牙」比後來譯的「法蘭西」更近法語讀音。

寶玉於是給芳官取了法文名字「溫都里納」，說是「金星玻璃」。二十世紀後半葉李治華先生譯《紅樓夢》為法文，也查證了拉魯斯（Larousse）辭典，認為「溫都里納」就是法語「aventurine」——「內含金星的棕黃色寶石或玻璃」。「aventurine」按當時習慣，省去「a」的子音不譯，正是「溫都里納」四個音節。看樣子，《紅樓夢》的作者因為家世，與外洋產業關係密切，是可能通一點法語的。

芳官很喜歡這福朗思牙的洋名字，覺得比耶律雄奴更好。這一天，不只是男女變妝，也是東西亞歐的變妝。

三百年前，「變妝」也透露著受束縛的少女們顛覆性別的願望吧。

七

賈蓉與二尤

作者寫賈蓉的調情入木三分。賈蓉一見二姨娘、三姨娘，嬉皮賴臉，
當著眾多丫頭的面就說：「二姨娘，妳又來了，我們父親正想妳呢。」
兒子在大庭廣眾前說父親想一個女人，
一向還沒有露餡兒的賈蓉，他的真面目忽然出現了。

《紅樓夢》寫到第六十三回結尾，出現兩個新人物——尤二姐、尤三姐。初讀的讀者不熟悉，應該對這兩個人物的身世背景介紹一下。

寧國府賈珍的妻子尤氏，她也就是賈蓉的母親，大約是三十幾歲、接近四十的婦人。尤氏有一位繼母，書裡叫尤老娘。她嫁到尤家，帶來了兩個前夫的女兒，就是尤二姐、尤三姐，跟大姐尤氏雖稱姐妹，卻不同母、也不同父，沒有血緣關係。

尤二姐、三姐都長得美，以前來過寧國府，賈珍、賈蓉父子兩人都垂涎過，極思染指。

尤二姐溫柔和順，跟每個人都很親，天真善良，對人也沒有防範之心。別人對她吃吃豆腐，佔點便宜，她也委婉包容，使身邊有心機的男子都貪圖她的美貌，常常得寸進尺。

尤三姐跟二姐個性不同，外表美豔爽朗，潑辣大膽，跟男子們調笑飲酒交陪，不拘禮數小節，因此更讓身邊對她有非分妄想的男人們，誤以為是可以輕易上手的女性。其實尤三姐內心極有主見，不輕易妥協，愛恨分明，剛烈自負，有寧為玉碎的悲劇性格。

尤二姐、三姐以前來寧國府，大概住的時間不長，賈珍、賈蓉父子，甚至賈璉，可能都慕其二人美貌，在應酬場合有過幻想歹念，但接觸機會不多，沒有真正上手。

第六十三回結尾，寫到賈珍父親賈敬長年在道觀修道，服用丹砂，突然暴斃。寧國府辦喪事，尤氏是長房媳婦，獨自一人忙不過來，因此接了繼母尤老娘來幫忙，老娘也就帶著兩個如花似玉的女兒住進寧國府，使得垂涎已久的賈家男子有了機會，開始打主意，動起淫念。

六十三回第一個寫到動淫念的男子是賈蓉。賈蓉是尤氏的兒子，雖無血緣，照輩分來說，尤二姐、三姐的身分還是賈蓉的「姨媽」。她們與賈蓉年紀相仿，賈蓉毫無對長輩的尊敬，只當是可以玩玩的「妹妹」、「馬子」。

六十三回賈蓉一聽說「兩個姨娘來了」，就跟父親賈珍相視「一笑」。這「一笑」很曖昧，也看出這一對父子在「玩妹妹」這件事上的品味。

大家都知道，《紅樓夢》有一樁疑案，賈蓉的原配妻子秦可卿是被公公賈珍逼姦而死。作者原稿「淫喪天香樓」是寫秦可卿上吊而死，或許顧及家醜，小說裡秦可卿後來改成病死，但在第五回判詞的畫中還是一美人懸樑自盡。

賈珍如果逼姦兒媳婦，做丈夫的賈蓉不會不知道，賈蓉對父親如此獸行，卻似乎一直沒有反應。六十三回以後，看到賈珍、賈蓉父子玩女人玩成一堆的醜態，才又思考起去世多時的秦可卿的悲劇，以及賈蓉性格中不容易發現的陰沉鄙劣。

作者的批判是很明顯的，因為兩個美貌姨娘來了，父子曖昧相視一笑，接下來就演出一場在賈敬靈前「稽顙泣血」、哀痛到不行的虛偽戲碼。

這是在給至親的父親、祖父辦喪事，然而賈珍、賈蓉跟美貌姨娘接下來的胡搞，彷彿正說明了作者如何痛恨儒家偽善道德的假面。

第六十三回，在公眾場合，賈蓉與二尤廝纏一段，打情罵俏，全無教養規矩。作者也第一次如此直白地寫出賈蓉這青年紈袴子弟的粗鄙不堪，而且心思之壞，遠遠勝於一樣粗俗卻還有點傻氣天真的呆霸王薛蟠。

作者寫賈蓉的調情入木三分。賈蓉一見二姨娘、三姨娘，嬉皮賴臉，當著眾多丫頭的面就說：「二姨娘，妳又來了，我們父親正想妳呢。」兒子在大庭廣眾前說父親想一個女人，一向還沒有露餡兒的賈蓉，他的真面目忽然出現了。

尤二姐聽賈蓉講話這樣不正經，一面罵、一面拿起熨斗作勢要打，賈蓉藉機就「抱著頭滾到懷裡告饒」。

作者毫不留情面，寫出了自己家族這些男性最醜陋的一面。下面賈蓉調情的一場戲，作者描述鮮明，今日政治界、商業界、文化界、教育界或許也不乏其人其事。

《紅樓夢》許多小人物、小事件，不是往事，常常是可以當現代時事來看的。

賈蓉又和二姨搶砂仁吃，尤二姐嚼了一嘴渣子，吐了他一臉。賈蓉用舌頭都舔著吃了。

這樣摘錄原文，可以看到作者如何三筆兩筆寫出賈蓉的下流不堪，連一旁的丫頭都看不過去，說他熱孝在身，這樣跟阿姨調情，太不把母親放在眼裡了。賈蓉接著就摟著丫頭親嘴，丫頭罵他太沒規矩，賈蓉就說「從古至今」不都是「髒唐臭漢」嗎？

賈蓉在六十三回裡徹底「變成」一個玩世不恭、沒有任何信仰、鄙棄一切道德價值的豪門權貴家的青年無賴。

《紅樓夢》剛開始，賈蓉不是如此啊！第六回賈蓉剛出現，清秀斯文，雖有點調皮，喜歡嬉皮笑臉，卻不讓人厭惡，連王熙鳳也寵他疼他，他與妻子秦可卿一起，也讓人覺得是神仙眷屬。從第六回到六十三回，賈蓉有如此大的轉變，令人驚訝。

作者最隱晦心痛的家族醜事——「賈珍逼姦秦可卿」，細心讀者一定也質疑：賈蓉為何沒有強烈反應？

父親的所作所為，賈蓉一一看在眼中，一個青年，從父親的鄙劣偽善究竟學到了什麼？透徹看穿人性的虛假，看穿道德的偽善，對一切冠冕堂皇的信仰鄙視謾罵，賈蓉是這樣一步一步走上他的徹底「失格」嗎？

不到二十歲，經歷了父親逼姦自己妻子致死的事件，賈蓉變成一個口中直斥「髒唐臭漢」，不相信任何正面價值的虛無者。他的轉變，或許可以理解一二分了。六十三回以後，為非作歹、無法無天、齷齪下流的賈蓉，背後仍然隱伏著秦可卿慘死的家族醜聞嗎？

《紅樓夢》第六十三到六十九回，像是寫尤二姐、尤三姐兩個女子的悲劇，其實或許是藉此揭發了一個家族腐敗墮落的關鍵吧。由盛而衰，由繁華入凋亡，一部大小說，就在這幾回中透露了端倪。

八

賈蓉——失格的人

賈蓉口中說出「髒唐臭漢」幾個字，大概是《紅樓夢》作者心痛的時刻吧。
賈蓉看到歷史的「髒」、「臭」，看到人性的「髒」、「臭」，
看到自己父親賈珍的「髒」、「臭」，他失去了人性最底限的信仰，
他似乎覺得自己的生命，除了「髒」、「臭」，也沒有其他的可能了。

《紅樓夢》第六十四到六十九回，我一直覺得是全書關鍵。

環繞在賈璉、賈蓉、賈珍、柳湘蓮四個男性，和尤二姐、尤三姐、王熙鳳三個女性之間，作者讓讀者看到一個家族的繁華與腐敗，看到人性的善與惡，看到如此深的情，也看到如此淺薄下流的淫，看到執迷，也看到領悟。

戲劇把這幾回抽出來，編成「紅樓二尤」，但若太著重在故事外在情節與人物個性的戲劇性誇張，容易忽略了作者在一部大小說裡隱晦講出的「因果」。

因果，正是講執迷，也是講領悟。

作者犀利的「刀斧之筆」，與柔軟的「菩薩之心」，在這幾回中展現了好小說家的極致。犀利與柔軟，是因果兩面，也正是佛家說的「智慧」與「慈悲」吧。

這幾回中，賈寶玉偶然出現，林黛玉偶然出現，有前世因果的石頭與草，看著人世悲苦，看著賈蓉的壞，看著王熙鳳的惡，看著尤二姐的受苦，看著尤三姐的刎頸自盡、熱血噴灑，看著柳湘蓮的幻滅出走——冷冷旁觀的石頭與草，有擔心，有悲憫，但他們都沒有說話。

我總覺得好像是作者的「菩薩之心」，看著自己可以殺人的「刀斧」，滿眼熱淚，不言不語，只是默默領悟因果強大。看著人性，如此殘酷、鄙劣，如此深情、眷戀，如此脆弱、卑微，如此執迷不悟。

第六十四回，應該注意賈蓉這個角色。

賈蓉口中說出「髒唐臭漢」幾個字，大概是《紅樓夢》作者心痛的時刻吧。作者彷彿回憶起自己家族最不堪、最惡質頑劣的幾個男性。

「髒唐臭漢」其實與「唐漢」無關，歷史只是一客觀現實，一個人看歷史，說「髒」說「臭」，也就看到這個人自己心中的主觀品味。賈蓉看到歷史的「髒」、「臭」，看到人性的「髒」、「臭」，看到自己父親賈珍的「髒」、「臭」，他失去了人性最底限的信仰，他認為人性本來就「髒」、「臭」不堪，他似乎覺得自己的生命，除了「髒」、「臭」，也沒有其他的可能了。

賈蓉跟尤二姐調情，他連情慾也不深沉，只是輕浮好玩。尤二姐嚼砂仁，吐他一臉渣子，他伸舌頭一一舔掉，活靈活現一個下流低級趣味的紈袴少年。

賈蓉知道父親要染指尤二姐、尤三姐，他就設計安排讓父親得逞，幫父親拉皮條。尤二姐、尤三姐，這兩個平白送上門來的美女，生長在民間單純環境，天真無邪，不知道權貴家族男人玩耍的遊戲。這兩個女孩兒，在賈蓉「髒」、「臭」的人生哲學設計下，被作踐、折磨、侮辱，最終一一走上死亡。

因為什麼都不相信，就可以作一切的惡吧。

賈蓉其實讓我想到杜斯妥也夫斯基（Fyodor Dostoevsky）《卡拉馬助夫兄弟們》（*The Brothers Karamazov*）裡的男性，墮落在人性失格的深淵，歡嬉罪愆，不把人當人，失去一切信仰。

杜斯妥也夫斯基書中，試圖讓小兒子老三阿萊莎走向宗教，拯救家族墮入深淵底層的罪愆。阿萊莎像賈寶玉嗎？寶玉的出家，在雪地上向父親磕頭，翻身就走，落了一片白茫茫大地真乾淨，那是《紅樓夢》隱喻的人性救贖嗎？

華人倫理，歌頌「聖」、「賢」，對人性負面角色，只有浮淺的貶抑批判，沒有興趣深入觀察研究，因此容易形成虛偽的道德，文學裡人物角色也多不全面。

《紅樓夢》是一例外，書中提供的薛蟠、賈蓉、賈瑞、賈珍、賈赦，甚至賈璉、多姑娘、鮑二家的，都屬於人性上失格的人，作者引「刀斧之筆」寫出這些人物，卻常常被評論者忽略。

《紅樓夢》在正面、負面人性書寫上用意很深，賈寶玉是救贖，但作者借警幻仙姑之口，稱他為「天下第一淫人」。作者也說：「情既相逢必主淫。」「情」、「淫」之間，正是作者「刀斧之筆」與「菩薩之心」的兩極矛盾吧，也構成一部大小說豐富全面的人性觀察。

第六十四回，賈璉在姪子賈蓉的設計下，瞞著王熙鳳，娶了尤二姐。

賈璉的懼怕王熙鳳是出了名的，他每次有外遇，幾乎都被王熙鳳抓包。王熙鳳生日宴會時，賈璉就拉了僕人鮑二的老婆上床，雲雨貪歡，被王熙鳳抓個正著。賈璉有點窩囊，富貴中長大，一直是大少爺，沒有什麼心機，他要鬥是鬥不過王熙鳳的。

一個在強悍的老婆底下直不起腰的男人，彷彿也總要做一點什麼犯規的事，好伸張一下被壓抑著的自我吧。

賈璉瞞著王熙鳳娶尤二姐，是他生命裡一次勇敢的犯規。但若不是賈蓉千方百計引誘設計，賈璉大概還是沒有這麼大的膽子，在外頭包養起女人來了。賈蓉說得好：「叔叔若有膽量，依我的主意管保無妨。」一句話激起賈璉的行動力。

賈蓉為什麼要千方百計讓賈璉娶尤二姐呢？他是真心同情這個好色而無膽的叔叔嗎？

六十四回裡，可以看到賈蓉這年輕人心機之深。他和父親賈珍都覬覦尤二姐的美貌，又都難下手，知道賈璉也愛慕尤二姐，賈蓉就動了壞心，唆使賈璉在外頭買房子，包養起尤二姐。賈璉有個厲害老婆，王熙鳳雖一時被瞞在鼓裡，遲早有一天會發現，賈璉不能擺脫王熙鳳管轄，賈璉這「金屋」裡藏的「嬌」，賈珍、賈蓉就有機會去「玩」，這是賈蓉的心思。

六十四到六十九回，作者寫出家族男性種種鄙劣不堪的情狀，所謂「刀斧之筆」，犀利精確。然而，作者寫家族醜事，寫人性種種淫慾的纏縛牽連，他的「刀斧之筆」背後是寬大光明的「菩薩之心」，處處留悲憫，處處留救贖，不讓「刀斧」的銳利尖刻有一絲沾沾自喜。「刀斧之筆」、「菩薩之心」，《紅樓夢》時時權衡著智慧與慈悲。

文學一事，只有「刀斧之筆」，難免刻薄，一入沾沾自喜、張揚驕矜，便難成大著作了。

九

三個「司機」

這些權貴家的「司機」，也似乎都訓練有素，不多說話，也不招惹八卦。
喜兒、壽兒把「車」停在別人車房，有點不好意思。
賈璉的司機隆兒機靈，表示大方，說了一句：「有的是炕，只管睡。」
我喜歡這些小人物的語言，也喜歡他們聰明，知道這時候要守做人的本分。

在賈蓉安排下，賈璉瞞著王熙鳳，偷偷娶了尤二姐。

賈璉無能懦弱，但心思並不太壞。《紅樓夢》一開始，賈璉壓在王熙鳳勢力之下，只覺得這個男人窩囊好色，除了偷情上床，沒有什麼其他本事。

對賈璉印象改變，開始有一點好感，要看到第四十八回石呆子一段。賈璉父親賈赦要收藏名貴扇子，派賈璉去找窮得半死、脾氣又臭硬的石呆子。賈璉三番兩次辦不成，價錢出到五百兩一把，石呆子還是不賣。後來是賈雨村知道了，假借官威，把石呆子抓起來，訛詐石呆子拖欠官銀，扇子充公，交給賈赦。賈赦罵兒子賈璉無用，質問說：「人家怎麼弄了來？」賈璉回了一句：「為這點子小事，弄得人坑家敗業，也不算什麼能為。」

賈璉如此直言頂撞，還被父親打傷。這是讀《紅樓夢》第一次對賈璉這男人有了好感，他再好色、再無能，心裡還是有對貧賤人最基本的不忍，即使面對自己父親，也不以為權勢可以欺人，這就有賈璉的人格。

賈璉給人的印象，從庸懦無能，轉變到深情誠懇，除了第四十八回同情石呆子，另外的關鍵就在第六十四至六十九回與尤二姐的交往。

賈璉在姪子賈蓉唆使下，第一次向尤二姐表達愛意，作者細節寫得極好。

賈璉進屋，尤二姐跟兩個丫頭在做針線，丫頭去倒茶，賈璉用眼神「瞟」二姐。「瞟」字用得傳神。賈璉藉故又說「忘了帶檳榔」，要二姐「賞我一口吃」。二姐說：「檳榔倒有，就只是我的檳榔從來不給人吃。」賈璉近身來拿，二姐就把身上裝檳榔的荷包撂在桌上。賈璉拾起來，「撿了半塊吃剩下的」放進口中。

《紅樓夢》作者寫調情，逼真鮮活，好像看到今日一個傻頭傻腦的好色青年，大膽調戲第一次做生意的檳榔西施。《紅樓夢》或許並不「古典」八股，其實充滿「現代感」。

檳榔調情成功，賈璉就解下身上的九龍玉珮，拴在手絹上，甩過去給二姐，這是正式傳情求好了。二姐故意不接，正好尤老娘進來，賈璉著急給外人看到不妥，用眼神暗示二姐，又趕忙站起來向尤老娘問安，再回頭看，手絹玉珮不見了，賈璉才放心。

《紅樓夢》作者太懂男女青年的「調情」了，他的家族男性大概常常演出這樣的戲碼，或者，作者自己也曾經深諳此道。

貪戀、執迷、暗示、妄想、等待、驚恐、竊喜，像羅蘭・巴特（Roland Barthes）的《戀人絮語》（*Fragments d'un discours amoureux*），在看破一切「情」、「淫」之間

又真實又虛幻的把戲之後，作者的情慾書寫，就像一部佛經了。

賈璉追求尤二姐，短短一段，像是情慾密碼，細緻處也像最好的電影分鏡腳本。

賈璉追求尤二姐成功，第一次躲過王熙鳳隨時捉姦的驚恐。姪子賈蓉隻手遮天，就近在「小花枝巷」買了房子，共二十餘間，又買了兩個丫頭，撥了家人鮑二夫婦照顧，賈璉就這樣在外頭包養了尤二姐。

賈璉與尤二姐，或許是好的因緣吧。一個一直活在兇悍妻子壓迫下的男性，賈璉彷彿第一次感覺到溫順柔軟的愛，感覺到一個女性這樣沒有心機的體貼相處。賈璉頭腦並不複雜，也很容易滿足，他竟幻想這樣小夫妻一般平實甜蜜的婚姻生活，可以天長地久。「小花枝巷」的新婚生活，竟像是賈璉與尤二姐一生的夢想，兩個人都天真無心機；然而真實的「小花枝巷」卻是危機四伏的。

作者在第六十五回，寫到新婚裡一道令人不寒而慄的陰影。有一天，賈珍來了！

賈珍，《紅樓夢》裡身上有逼姦兒媳婦秦可卿致死的「罪者」，他或許是比兒子賈蓉更「失格」的人吧。父子兩人，本來就要染指尤二姐、三姐，賈蓉安排賈璉在外包養二姐，也是為了就近讓父親可以有機會去「玩」。

新婚兩個月，有一天，賈珍果然來了。他先派小廝打探，知道賈璉不在，就遣散左右，只留兩個牽馬的心腹小童喜兒、壽兒，一起來到「小花枝巷」。

賈珍是尤二姐的姐夫，是賈璉的堂兄。尤二姐剛新婚，與這「有前科的」姐夫見面，雖然尷尬，還是要以禮相待。尤二姐一心一意跟定了賈璉，不想有是非麻煩，跟母親說「我怪怕的」，就央求和母親一起避開，只留下賈珍跟小丫頭、尤三姐一起吃酒。二姐避開了，賈珍就跟三姐「挨肩擦臉，百般輕薄起來。」

尤二姐避開，小丫頭也都躲了出去，賈珍和尤三姐獨處，作者說他們「自在取樂，不知做些什麼勾當。」

這有點像電影轉了場景，作者忽然寫賈璉也來了，鮑二女人悄悄說「大爺在西院」。賈璉沒有說話，只回房跟二姐喝酒。

精采處來了，作者寫賈璉的心腹小童隆兒去拴馬，看到馬廄已有一匹馬，知道是賈珍的。這些權貴家的「司機」，也似乎都訓練有素，不多說話，也不沾惹八卦。喜兒、壽兒把「車」停在別人車房，有點不好意思，稍微解釋一下。賈璉的司機隆兒機靈，表示大方，說了一句：「有的是炕，只管睡。」我喜歡這些小人物的語言，也喜歡他們聰明，知道這時候要守做人的本分。

這三個「司機」正要喝酒，馬棚裡的馬卻鬧了起來。作者輕描淡寫一句：「原來二馬同槽，不能相容，互相蹶踢起來。」

好的文學書寫，隱喻、象徵、魔幻、寫實，其實沒有那麼做作誇張，點到為止，讀者不是傻瓜，大多能會心一笑。

馬槽安撫好了，三個「司機」也都醉了，我喜歡喜兒吹燈睡下前說的話：「咱們今兒可要公公道道的貼一爐子燒餅，要有一個充正經的人，我痛把你媽一肏。」

作者鏡頭一轉，不講賈珍、賈璉，主人都不見了，只講三個「司機」偶遇的一夜。

《紅樓夢》這些小細節，最讓我百讀不厭，好像與主要故事無關，卻使人一讀難忘。

十

尤三姐

作者在寫一個女人的「無恥老辣」嗎？尤三姐借酒裝瘋，因為喝了酒，
一雙秋水眼「餳澀淫浪」。「無恥」、「淫浪」都是華人儒家文化最壞的字，
《紅樓夢》的作者卻用在尤三姐身上，用在她「高談闊論」、
「揮霍灑落」辱罵權貴紈袴男子的神情儀態上。

《紅樓夢》有太多描寫精采的人物，出場不多，短短幾段，讓人印象深刻，尤三姐就是其中特別重要的一個。

尤三姐主要的個性展露在第六十五和六十六兩回，讀者看過一次，就對這個人物難以忘懷。

六十五回寫賈璉在「小花枝巷」買了房子，包養了尤二姐。豪門金屋藏嬌，氣派很大，這新宅有二十間房，尤二姐、賈璉新婚夫婦，有獨立的臥房、餐廳、客廳，兩個丫頭、車伕隆兒、管家鮑二夫婦，大概都有自己的空間。尤二姐的媽媽尤老娘、妹妹尤三姐，也都有自己的臥室、餐廳，加上馬廄、廚房、客房，大概也真有二十間房。

新婚兩個月，尤二姐的姐夫、賈璉的堂兄、賈蓉的爸爸——賈珍，正在辦父親賈敬的喪事，忽然慾望難熬，想念起自己太太的妹妹尤二姐、尤三姐，派人打探，知道這一晚堂弟賈璉不在，就大膽帶著親信馬伕喜兒、壽兒，私下到「小花枝巷」，想試試自己的桃花運。

賈珍進屋，見了尤二姐，寒暄一番。尤二姐覺得自己已是賈璉的人，賈珍夜裡私自跑來，意圖當然清楚。二姐覺得不妥，禮數到了，就跟母親藉故避開，獨留尤三姐跟賈珍獨處一室。

沒想到，再晚一點，賈璉也忽然回來了。管家鮑二的女人悄悄通知賈璉「大爺」在西院，這「二爺」賈璉也沒有吭聲。

這一對兄弟，大概歡場也一起玩過，賈璉個性一向退縮懦弱，被王熙鳳壓著，總不能自己有主張，兄弟賈珍跑到自己新房來「玩」女人，他不敢面對，當作無事，跟尤二姐吃酒談話，春興大發，「掩門寬衣」，欲做愛一番。

賈珍、賈璉的馬都停在馬廄，兩匹馬不相容，蹶踢咆哮，尤二姐心亂，賈璉裝作沒聽見。尤二姐「穿著大紅小襖，散挽烏雲」，賈璉越看越愛。尤二姐心裡忐忑，想到賈珍還在西院，長久假裝不知，也不是辦法，便流淚告白，希望跟賈璉做長久夫妻，暗示賈珍這樣跑來「恐非長策」。

尤二姐挑明白的講了，賈璉便表示不在意以前之事，但賈珍就在西院，自己也太不像一個新婚男子保護妻子的態度，就硬著頭皮說：「不如我去破了這例。」

賈璉闖進西院，賈珍好像被捉姦在床，「羞的無話」。賈璉和稀泥，說話大方，要賈珍「如昔方好」，像以前一樣，可以常來，不要有芥蒂。

賈璉跟賈珍喝酒示好，又拉尤三姐一起喝。這時，尤三姐不凡的個性顯露了出來。

讀者初看，大概也要一驚，原來尤三姐這少女如此有為，頭腦清楚，敢愛敢恨。她開罵了，指著賈珍、賈璉說：「這會子花了幾個臭錢，你們哥兒倆拿著我們姐兒兩個權當粉頭來取樂兒。」

尤三姐說穿了，這些權貴二代，手裡有錢，就把女人都當妓女玩。

尤三姐看穿了敗德男子的面目嘴臉，她被惹惱了，反過來就潑辣以對。尤三姐摟著賈璉脖子灌酒，又說：「我和你哥哥已經吃過了，咱們來親香親香。」賈璉酒嚇醒了，這麼會「玩」的權貴紈袴，當場傻了眼。作者說，賈珍、賈璉都沒想到尤三姐可以這等「無恥老辣」。

偽善者總愛罵人「無恥」，很少看到一個文學的書寫者，筆下「無恥」二字，竟是如此驚心動魄的讚歎。

尤三姐啊尤三姐，作者或許在想，這樣一個看透民族偽善的女性，將有何等悲劇的結局吧？

「無恥老辣」，《紅樓夢》的用字摧枯拉朽，顛覆了傳統腐敗臭爛不堪的倫理假象。

尤三姐要把姐姐也請出來喝酒，她說：「要樂，咱們四個一處同樂。」

面對一個女性如此「無恥老辣」，這些歡場下流的權貴紈袴無能畏縮了。賈珍想溜，尤三姐當然不會放過他，賈璉也「不好輕薄起來」。

不知道為什麼，尤三姐讓我想到《金瓶梅》，想到那些在有錢男人手中被當作淫具玩弄的女性。

《紅樓夢》的作者不是在寫道德的批判（道德批判留給那些偽善的文人去說吧），《紅樓夢》的作者在尤三姐的「無恥老辣」之後，忽然描寫起她的肉體——「大紅襖子半掩半開，露著蔥綠抹胸，一痕雪脯。」

如此清潔的肉體，如雪如玉，然而這肉體又如此熱烈，在紅綠的閃爍裡顫動著，彷彿要叫喊出她的愛與恨。

尤三姐是纏了小腳的，作者用到「金蓮」二字。小小的，被束縛、綑綁、纏緊了的肉體，解放不開來，然而掙扎著，「或翹或並，沒半刻斯文。」

作者在寫一個女人的「無恥老辣」嗎？尤三姐借酒裝瘋，因為喝了酒，一雙秋水眼「餳澀淫浪」。「無恥」、「淫浪」都是華人儒家文化最壞的字，也是偽善道德者最愛拿來罵人的字，《紅樓夢》的作者卻用在尤三姐身上，用在她「高談闊論」、「揮霍灑落」辱罵權貴紈袴男子的神情儀態上。

這一段，尤三姐美極了，美在她活出了自己。

賈珍、賈璉被嘲笑取樂，「連口中一句響亮話都沒了」。這些男人無用，任憑尤三姐盡情發揮，像被閹割了一般。權勢教養，作威作福，原來也如此虛假。

作者像寫《史記》，要為尤三姐這一女子立下鐫刻在金石上的碑銘。作者說得好：「竟真是她嫖了男人，並非男人淫了她。」現代做性別研究的後來者，或許可以從《紅樓夢》的「性別顛覆」做一點思考。

賈珍、賈璉，一對活寶兄弟，自以為是歡場高手，被尤三姐「嘲笑取樂」，兩個人竟然「酥麻如醉」。他們一向自負，以為自己見識過美女，有錢就可以「玩」美女，作者卻說此時他們面對尤三姐，「所見過的上下貴賤若干女子，皆未有此綽約風流者。」

尤三姐「玩」夠了，不容他們多坐，把二人攆了出去，「自己關門睡去了」。

看尤三姐這一段，只能說：「痛快！痛快！」

十一

鴛鴦劍

《紅樓夢》為一個懷抱著鴛鴦劍自刎而死的女性立傳，
尤三姐自盡時，作者用了「玉山傾倒」的典故，
這是《世說新語》裡形容嵇康的句子。
尤三姐也讓人想到嵇康嗎？那個對世俗禮法不屑一顧的南朝的孤獨者。

尤三姐是《紅樓夢》裡突出的人物，她總讓我想到《史記・列傳》裡的「游俠」、「刺客」，想到荊軻，想到聶政或豫讓，為一個自己堅持的信念，不在意他人可能不屑一顧，不在意旁觀者訕笑辱罵，可以義無反顧，走向死亡。

她也讓我想到四面楚歌時圍困於垓下、在慷慨悲歌的項羽面前引頸自刎的虞姬，生命對她們來說，可以這樣豁達灑脱，沒有計較牽掛。

華人受儒家的價值觀影響，世俗文化裡並不歌頌尤三姐這類的悲劇生命形式。儒家歌頌的悲壯的死亡，是要在「忠」、「孝」名目下的「捨身」或「成仁」，像文天祥，像史可法，像史傳中疑點重重的岳飛，即使偽造，也要做出一個儒家忠孝式的英雄榜樣。像中國文革時「創作」出的樣板人物——雷峰，政策上作假，偽造出一個典型楷模，但是，十數億人的民族全國風行，沒有人敢有異議，個人有一點懷疑，就要被批鬥至死。

沒有異議是「大同」的理想嗎？「大同」是一個多麼偉大的社會理想，然而「大同」的社會，可以包容「大不同」的生命形式嗎？可以容忍從「大同」、「幸福」裡斷然出走的孤獨者，像尤三姐嗎？

《紅樓夢》為一個懷抱著鴛鴦劍自刎而死的女性立傳，尤三姐自盡時，作者用了

「玉山傾倒」的典故，這是《世說新語》裡形容嵇康的句子。尤三姐也讓人想到嵇康嗎？那個對世俗禮法不屑一顧的南朝的孤獨者。

嵇康如此美，他醉酒傾倒也如玉山崩裂，令人驚動。他對鄉愿者不屑一顧，他對唯唯諾諾的庸懦者不屑一顧，他對攀緣巴結的小人不屑一顧，他最終要帶著絕世的高亢之音《廣陵散》走向刑場，他的罪名是「上不臣天子，下不事王侯，輕時傲世，不為物用，無益於今，有敗於俗。」

禮教殺人的名義常常是「敗俗」，尤三姐也死於「敗俗」，誹聞、傳言、八卦的「俗」殺死了尤三姐。

尤三姐在《紅樓夢》裡主要的情節，只有第六十五和六十六兩回。六十五回裡，她「無恥老辣」地戲弄辱罵了紈袴權貴賈珍、賈璉，自此之後，她就全面表現出寧為玉碎的悲劇個性。

她常常把賈珍、賈璉、賈蓉三人叫來，「潑聲厲言痛罵」，她在這些自以為風流的紈袴男人面前「淫情浪態」，讓他們一個個「垂涎落魄，欲近不能，欲遠不捨，迷離顛倒。」

這些歡場男人，玩過多少女人，玩了就丟，從沒見過這樣的女子，想靠近，又怕，想離開，又捨不得。

華人文化裡這樣的女性很少被描述，歐洲啟蒙運動以後有卡門，從文學到歌劇到電影，成為一個令人讚歎的女性典型。我最早讀的中文譯本，書名是《蕩婦卡門》，「蕩婦」二字是翻譯者加的，梅里美（Prosper Merimee）原著，比才（Georges Bizet）歌劇，都沒有「蕩婦」二字。「蕩婦」是旁觀者的意見，是別人貼的標籤，「卡門」就是「卡門」，與「蕩婦」無關。

卡門在歐洲，經過人性啟蒙運動，有她自我完成的價值。尤三姐被創作出來的時代，與歐洲啟蒙運動相差不遠，而尤三姐的生命價值，卻可能在一個人性封閉的世界裡，還有待重新認定吧。

六十五回結尾，已經可以看出尤三姐自我毀滅的明顯意圖。她「打了銀的，又要金的；有了珠子，又要寶石；吃的肥鵝，又宰肥鴨」；菜飯稍不如意，整桌推倒；衣服不喜歡，綾羅綢緞都鉸碎剪破，「撕一條，罵一句。」

尤三姐在最後表露出來的任性放肆，使人想到褒姒，也使人想到《紅樓夢》另一個人物——晴雯。她們都是有悲劇毀滅個性的剛烈人物，她們要嘲笑歷史，她們看穿了現實，決定自我毀滅，不顧一切，顛覆人們戰戰兢兢的苟活。

尤三姐最後的「胡鬧」，其實是她預知死亡的記事吧。大劫難臨頭，她如此揮霍傲笑，像夏日一抹夕陽，驚魂動魄，燦爛而又荒涼。

尤三姐鬧到讓二姐擔心，央求賈璉找個人家，「把三丫頭聘了吧」。尤二姐是努力要遵守人間規矩的，她也天真地以為自己終身有靠了。

尤三姐心知肚明，姐妹們逃不過權貴紈袴的掌心，不如索性大鬧一場，她的死，也就驚天動地。

尤二姐說動賈璉，讓尤三姐決定一門親事，尤二姐只是想趕快息事寧人，好像嫁了人也就平安過日子了。尤三姐說出她要嫁的人，竟是五年前只有一面之緣的柳湘蓮。柳湘蓮那一天在戲台上票戲，尤三姐是賓客，在台下看見，心裡就決定非此人不嫁。

我總覺得六十六回尤三姐的愛情太過傳奇，恍惚的像她夢裡一個虛幻的影子。她真看清楚柳湘蓮了嗎？她真愛上柳湘蓮了嗎？

激烈的愛常常只是自己的燃燒，有時與對象無關。

這一段故事完全是傳奇寫法，打了薛蟠逃亡的柳湘蓮，恰好又遇到土匪搶劫薛蟠，柳湘蓮會武藝，打走土匪，救了薛蟠，從仇人變成恩人。這已經夠離奇了，偏又在路上遇到正在尋找柳湘蓮的賈璉，說起一門親事，柳湘蓮連對象也沒問清楚，就拿祖上傳家之寶「鴛鴦劍」交給賈璉，做了訂親的聘禮。

等到柳湘蓮弄清楚對象是誰，他就「跌足」，因為八卦誹聞太多，柳湘蓮害怕，斷斷不肯做成這門親事，一定要把「鴛鴦劍」要回來。

柳湘蓮也只是尤三姐走向死亡的藉口吧，她聽說對方要退婚，把鴛鴦劍鞘遞還，當柳湘蓮面前，就用隱藏肘內的雌鋒「項上一橫」，刎頸自盡。

我喜歡尤三姐死後，魂魄回來，跟柳湘蓮說的：「來自情天，去由情地。前生誤被情惑，今既恥情而覺，與君兩無干涉。」

好一個「與君兩無干涉」，這才是來去無牽掛、看穿因果、真正的孤獨者。

尤三姐的肉身，其實與柳湘蓮無緣，倒與鴛鴦劍有因果緣分吧。

十二

馬蜂

重看這一段，笑了起來，回想四、五十年前，完全看不到這一段。
急著要知道王熙鳳如何發作，如何整死尤二姐，
哪裡會注意到襲人跟一個管花園的老太婆有一搭沒一搭地談「馬蜂」。
「看」不到，往往是人的自大、自以為是吧。

《紅樓夢》的文學技巧，評論的人很多了。對我而言，我感興趣的，倒不一定是文學「寫作」的技法，而是《紅樓夢》「説故事」的方式。

華人從小接觸的「文學」，如《水滸傳》、《三國演義》、《西遊記》、《封神榜》，都叫做「話本」小説。「話本」，用直接的説法，也就是「説話人」看的本子。

華人世界的所謂古典「文學」、「小説」，許多都不是用文字書寫讓人閱讀的書，而是開始於「語言」、「口傳」，是聽「説話人」講的故事。

故事用眼睛「看」，和用耳朵「聽」，其實很不相同。

因為用耳朵聽，每天聽一「回」，聽到最後，就有「欲知後事，且『聽』下回分解」，賣關子的一句話。舊小説幾乎每一「章」、每一「回」結束，都有這句話，顯然還保留了「聽」的習慣用語。

華人過去的社會，文盲佔極大比例，能看書識字的人不多。生活裡沒有什麼休閒娛樂，茶餘飯後，大部分人就蹓躂到廟口市集，「聽」説書的人「講」故事。

「説書人」成為職業，大概在唐以後就存在，講一些稀奇古怪的故事，用來娛樂大眾，也用來討一碗飯吃，就是「傳奇」的來源。宋元之際，「説書」的現象普遍了，「說書人」這行業也似乎多起來了，一些零散的「傳奇」、「戲劇」、「故事」被有意串聯起來，就形成了最早的「章回」小說。一「章」、一「回」，有獨立性，又連接成大小說，大概就是華人以後閱讀的「演義」小說的來源吧。

這些「話本」原來是「說書人」的參考，並不直接給人閱讀。說書人以此「話本」做依據，在茶樓酒肆、市集廟口，一旦開講，現場一定有許多「脫稿演出」，加油添醬，配合現場狀況即興的「演義」。

因此，華人習慣的「章回」、「演義」小說都有獨特說故事、聽故事的結構，與歐洲文字書寫的閱讀結構並不相同。

記憶當中，最早讀《紅樓夢》的時候，因為急著想知道下面的情節，看到作者忽然離開主線，可以岔出去，講八竿子打不著的事講老半天，就常常跳過這些當時覺得「不重要」的瑣事，往後翻看結局。

所以最早「看」《紅樓夢》，是跳著看的，挑自己認為「重要」的事「看」，連成自己組織的《紅樓夢》情節，自然也遺漏了很多後來再看時覺得精采的片段。

《紅樓夢》一看再看，每一次看，發現有些部分以前怎麼沒看到？那些以前「跳過」的部分，現在「看到」了，不只看到，原來跳過的部分如此精采。「不重要」

的部分，變得「重要」了，那是一次一次讀《紅樓夢》的快樂吧！

漫長的人生，身邊有許多「不重要」的人、「不重要」的事，有一天忽然領悟，原來「不重要」的事，變得「重要」了，或許才是最值得珍惜的幸福吧。

六十七回有一段，恰好是我年輕時跳過的部分。因為尤三姐自刎而死，柳湘蓮隨道士出走，留下軟弱善良的尤二姐，讀著讀著，心裡忐忑，忽然作者寫到王熙鳳一臉怒氣，要抓家僮訊問，一顆心就要跳到嘴邊，不知道王熙鳳將如何對待尤二姐，如何暴怒撒潑，大鬧一番。

你急著要「欲知後事」，作者卻慢條斯理，忽然說起花園裡一隻馬蜂。

王熙鳳發怒是薛寶釵的丫頭鶯兒透露的，鶯兒說：「看見二奶奶一臉的怒氣。」寶釵的個性是多一事不如少一事的，也不肯追問，只說：「各人家有各人家的事。」

讀者開始緊張疑慮，不知道厲害潑辣的王熙鳳，要鬧出什麼事來？作者卻筆鋒一轉，說起襲人想去探望王熙鳳，走到花園裡，到了沁芳橋，「正是夏末秋初，池中蓮藕新殘相間，紅綠離披。」

作者岔開王熙鳳主線，描寫起風景，襲人走著走著，好像也忘了出來是要去探望王熙鳳，沿著沁芳閘的堤，一面看一面玩。

你越急著要知道下文，作者越是沉得住氣，就講到了「馬蜂」。

襲人看見葡萄架下面有人拿撣子在撣什麼，她就好奇，停了下來。看到是花園負責照顧花草果實的「老祝媽」，襲人就問好、打招呼，然後就閒聊起來。

老祝媽抱怨，今年雨水少，果樹上蟲子特別多，把果實都叮咬爛了。她又說，這「馬蜂」最可惡，一嘟嚕葡萄，只咬破三、兩個，爛的水流下來，底下好的果子感染了，也一連串都爛了。

老祝媽用撣子趕馬蜂，忙得不可開交。襲人笑說，這麼多馬蜂，怎麼趕？襲人就教老祝媽一個法子：「做些小冷布口袋兒，一嘟嚕套上一個，又透風，又不糟蹋。」

老祝媽千恩萬謝，要摘果子給襲人吃。襲人趕忙說「使不得」，沒熟的果子不能吃，就是熟了，還沒有供神祭祖，主人長輩都還沒吃，也不可以自己先吃了。老祝媽又趕忙道歉，慚愧自己一時忘了規矩。

重看這一段，笑了起來，回想四、五十年前，完全看不到這一段。急著要知道王熙鳳如何發作，如何整死尤二姐，哪裡會注意到襲人跟一個管花園的老太婆有一搭沒一搭地談「馬蜂」。

「看」不到，往往是人的自大、自以為是吧，就像只摸到象鼻子的瞎子，無法知道象還有其他部分。

《紅樓夢》是模仿「話本」的小說，用文字書寫，卻保留了「說故事」豐富而多元的線索，有直線的主軸，又不斷編織入橫向的緯線，使小說好看、好聽。

現代小說很多已經無法「說」給別人「聽」了，但是《紅樓夢》可以，它好看，但是更好「聽」。

十三

旺兒

旺兒表面上看，替王熙鳳處理很多事，事情辦成，也一定有打賞。
但是王熙鳳營私舞弊的事越來越嚴重，旺兒大概也提心吊膽。
旺兒力圖在王熙鳳的淫威下自保，明顯表現在尤二姐的事件中。
以利益威嚇，讓人做「心腹」，畢竟難長久吧。

旺兒是一個有趣的角色，他跟王熙鳳的關係很深，是她身邊的心腹，也是最得力的助手。

第十五回，王熙鳳為秦可卿辦喪事，停靈在水月庵，庵裡的老尼淨虛拜託王熙鳳關說一件司法案件，王熙鳳要了三千兩銀子，偽造丈夫賈璉一封信，給長安節度使雲光。這件關說司法的事，連賈璉都不知道，是委託旺兒處理的。

書中旺兒有時寫做「來旺兒」，有人懷疑「旺兒」、「來旺兒」是否同一個人。以王熙鳳把重要私密事件都委託「旺兒」處理，看來不可能是兩個人，「旺兒」只是「來旺兒」的簡稱吧。

第十六回，有一件更私密的事，王熙鳳挪用公款，在外頭放高利貸，賺取利息。這件事她也是瞞著賈璉，交給旺兒媳婦處理。

十六回寫得巧妙，賈璉遠路歸來，王熙鳳正殷勤招呼，夫妻倆坐著談話，忽然聽到外頭有人說話。王熙鳳問：「是誰？」平兒回說是香菱。等賈璉離開了，王熙鳳便問香菱來做什麼？平兒才說：「哪裡來的香菱，是我借她暫撒個謊。」接著抱怨說：「旺兒嫂子越發連個承算也沒了。」那些用公款放高利貸賺的利息，「遲不送來，早不送來，這會子二爺在家，她且送這個來了。」怕賈璉知道，平兒機警，因此撒了一個謊。

王熙鳳營私舞弊，替老尼姑淨虛關說司法，甚至連累了兩條人命。為她處理這些不可告人的私密違法的事，執行者，就是旺兒和她老婆。

王熙鳳拿公款放高利貸，不是一回兩回。第三十九回，襲人問平兒：「這個月的月錢，連老太太和太太還沒放呢，是為什麼？」平兒悄悄透露，王熙鳳早拿到了發放月錢的公款，交給外面放貸，等收了利錢，就發薪水了。

如果每個月多到數百人的薪水，王熙鳳都挪用來放高利貸，數目可不小，旺兒媳婦每個月就都要送利錢來給她。

王熙鳳也就在營私舞弊上，和旺兒夫婦建立了長久的關係吧！

小說裡，旺兒為王熙鳳做的最重要的一件事，就是第六十八、六十九回設計暗算尤二姐。從買通司法告賈璉，到安排殺死尤二姐的未婚夫張華，都是王熙鳳授命旺兒執行。

這一次，旺兒沒有完全聽王熙鳳的命令行事。

第六十七回，王熙鳳聽到自己丈夫賈璉在外面暗地裡娶了尤二姐，她第一個審問的人也是旺兒。

賈璉在外面買房子，金屋藏嬌，好像隱瞞得滴水不漏，但日子久了，傭人當然都知道，只有王熙鳳一個人被蒙在鼓裡。

有一天，兩個小廝不小心說溜了嘴，講起「新二奶奶」比「舊二奶奶」長得漂亮，脾氣也好。這話被旺兒聽到，訓了小廝一頓，警告他們：「叫裡頭知道了，把你的舌頭還割了呢。」

旺兒看來是比較有身分的傭人，知道輕重，不准年輕小廝胡說。他是好意，沒想到給平兒聽到了，平兒對王熙鳳忠心耿耿，立刻回報，事情就爆發了。

王熙鳳審問旺兒，軟硬兼施，她當然氣憤連旺兒這樣的心腹都瞞著她，但她必須忍著氣，因為她只有從旺兒這裡可以得到消息真相。

一開始旺兒還假裝不知道，推說每天只在二門上聽差，無法知道外頭的事。王熙鳳厲害，說了一句：「你自然不知道。你要知道，你怎麼攔人呢？」

旺兒一聽，知道剛才訓小廝的話已經有人打了小報告，趕緊就說自己只是要小廝不可胡說，卻不知詳情，要王熙鳳詢問常跟賈璉外出的「興兒」。

王熙鳳當然知道旺兒是在矇她，自己的心腹竟然如此，當然心寒，就罵了一句：「你們這一起沒良心的混帳忘八崽子！」

王熙鳳長年培養自己的心腹，一起舞弊營私，做傷天害理的事，這一次連旺兒都瞞著她，讓她傷心透頂，又講了一句：「好，好，好，這才是我使出來的好人呢！」

所以，旺兒真是王熙鳳的心腹嗎？替她偽造文書，替她跑法院，替她收受賄銀，替她挪用公款，替她放高利貸，替她收利息錢——旺兒真是王熙鳳心腹嗎？

有一次在尤二姐跟前，興兒說：「二門上……這八個人有幾個是奶奶的心腹，有幾個是爺的心腹。奶奶的心腹我們不敢惹，爺的心腹奶奶的就敢惹。」

興兒的話有趣，夫妻兩個，各懷鬼胎，顯然賈璉懼內，河東獅吼，連傭人間也分兩派，也有鬥爭。

興兒顯然是賈璉派的，在尤二姐面前，說得王熙鳳像個恐怖的妖婦。

旺兒表面上看，替王熙鳳處理很多事，事情辦成，也一定有打賞。但是王熙鳳營私舞弊的事越來越嚴重，旺兒大概也提心吊膽。旺兒力圖在王熙鳳的淫威下自保，明顯表現在尤二姐的事件中。

賈璉在外面包養尤二姐，旺兒一定早就知道，但也不肯說，王熙鳳的「心腹」已經變質了。以利益威嚇，讓人做「心腹」，畢竟難長久吧。

第六十八回，王熙鳳知道尤二姐小時候就指腹為婚，有個十九歲的未婚夫張華。張華是無賴，吃喝嫖賭，被父親趕了出來，尤二姐母親給了張家十兩銀子退了親。

王熙鳳抓到這把柄，就要旺兒封二十兩銀子給張華，調唆張華往都察院告賈璉，在國喪家喪期間娶妾，又叫另一僕人王信封三百兩給都察院，要他們虛張聲勢即可，不用真的法辦賈璉。等到事情鬧大了，闔家上下都恥笑尤二姐，王熙鳳目的達成，又要想辦法擺平此事，這時張華準備逃走了事，王熙鳳便暗中叫旺兒一定要把張華害死，以免後患。

第六十九回寫到旺兒奉命殺人，卻覺得「人命關天」，不肯照辦，在外頭躲了幾天，回來撒謊說：張華身上有銀子，碰到土匪被打死了。

王熙鳳雖然心中懷疑，但也無法查證，因為除了旺兒，她已經別無親信了。

做王熙鳳的心腹，旺兒是把腦袋提在手中，隨時怕出事。他能保全自己，算是有智慧，也有福報。

十四

張華

一個賭場無賴，為了二十兩銀子配合演戲，呼天搶地，
張華戲越演越真，好像他真是被人搶了親愛的老婆。
都察院的老爺這邊，也清楚這是一個妒婦的報復，收了王熙鳳三百兩銀子，
配合著假戲真做起來。華人權貴階級是這樣把司法當兒戲的啊！

張華是個小人物，他夾在尤二姐、尤三姐的故事中，幾乎不為人注意。「紅樓二尤」是重要的篇章，也已經單獨抽出來，編成了戲劇，但是對張華這個小人物，還是很少人討論。

王熙鳳審問家僮興兒，興兒無意間透露：尤二姐小時候有個父母作主訂的親事，未婚夫的名字叫張華。王熙鳳仔細精明，覺得這是可以用來挾持賈璉、陷害尤二姐的把柄，就派心腹旺兒細細去訪查張華這人。

張華十九歲，是個無賴，依靠父母吃喝拉撒，什麼事也不做，又嫖又賭，把家裡的積蓄都揮霍光了。父母忍無可忍，把這兒子趕出家門，張華就只好在賭場棲身，變成了不折不扣的小混混。

當時賈珍要把尤二姐配給賈璉，提親的時候，尤二姐的母親尤老娘提起張華，雖然多年沒有來往，但還是應該把親事退了，以後不要有牽扯。賈珍因此封了十兩銀子，交給張華父母，說明退親。張家父母知道自己兒子如今簡直像個無賴遊民，哪裡有能力娶親，因此一口答應，就私下收了十兩銀子，想這無賴兒子拿去也是賭光了，也沒有敢告知張華。

誰也沒想到，厲害的王熙鳳要利用張華這一個棋子，她一切打聽清楚了，就派旺兒封了二十兩銀子給張華，唆使他去告賈璉，旺兒大概連遞到法院去的狀子都要替張華擬好。

狀子上告賈璉第一條罪——「國孝家孝之中，背旨瞞親」。當時朝廷有嚴格律法，皇室有老太妃逝世，必須守國孝；賈璉的伯父賈敬死亡，也要守家孝。國孝、家孝期間，連娛樂看戲都禁止，何況娶親。古代許多人都因為觸犯這一條律法，被安上「背旨」罪名，違背皇帝御旨，當然會有重大的懲處。

狀子上第二條告賈璉的罪是——「仗財依勢，強逼退親，停妻再娶」。這一項罪名也把賈蓉告了進去。

張華，一個賭場小混混，大概做夢也想不到，忽然天上掉下了二十兩銀子來。但是拿了這銀子，還要到有司衙門去告人，張華當然會問：要告誰？一聽是賈璉，嚇壞了，要一個十九歲小混混去告榮國府公爵家的人，他即使是無賴，也知輕重，哪有這麼大的膽子。

旺兒回來稟報王熙鳳，說張華不敢告，王熙鳳罵了一句：「癩狗扶不上牆。」王熙鳳是豪門權貴出身，違法亂紀慣了，不把司法當一回事，當然看不起張華這種怕衙門的小人物。她罵完張華，說了一句值得細細品味的話，她要旺兒跟張華說：

「便告我們家謀反也沒事的。」

王熙鳳玩弄權勢、玩弄司法的驕矜得意，全在這一句話中。她或許不知道，正是這洋洋得意、沾沾自喜的霸氣，開始讓整個家族走向覆亡抄家的悲劇吧。

張華畏縮，不敢告，旺兒就教他連旺兒名字也一起寫在狀子上。接下來旺兒就裝腔作勢起來，都察院的衙役到了榮國府，門也不敢進，也不敢抓人，旺兒反而迎上去，自己伸手說：「快來套上。」

華人權貴階級是這樣把司法當兒戲的啊！

本來就是王熙鳳一手導演的一場假戲，有趣的是，一個賭場無賴，為了二十兩銀子配合演戲，呼天搶地，張華戲越演越真，好像他真是被人搶了親愛的老婆。都察院的老爺這邊，也清楚這是一個妒婦的報復，收了王熙鳳三百兩銀子，配合著假戲真做起來。

事情鬧開了，王熙鳳就藉此機會衝進寧國府大鬧一番，沒出息的賈珍一見王熙鳳衝來，即刻閃躲開溜。王熙鳳就賴在尤氏身上又哭又鬧，又大罵賈蓉。

《紅樓夢》一開始，就看出王熙鳳最疼愛的子姪輩就是賈蓉，她戲弄害死賈瑞，三番兩次，也都是賈蓉幫忙。王熙鳳與賈蓉到底有沒有曖昧關係，作者始終沒有明說，上百年來考證者舉證歷歷，也還是捕風捉影。小說好看，也就好在它只描述現象，賈蓉跟王熙鳳撒嬌，王熙鳳的一點暗示，給了讀者很大的想像空間。但作者厲害，他謹守書寫分寸，決不踰越「雷池」一步。「雷池」便是書寫者自大張揚、好下結論的陷阱吧。

王熙鳳寵賈蓉是確定的，把賈蓉當心腹去陷害賈瑞也是事實。因此這一次，賈蓉瞞著王熙鳳替賈璉金屋藏嬌，也讓王熙鳳傷心。王熙鳳一直要所有人都在她掌控下，然而尤二姐的事讓她徹底幻滅，原來身邊的親信都已眾叛親離。

王熙鳳哭鬧撒潑，也是她為自己安排好的一場戲，她要讓尤氏、賈蓉母子在大庭廣眾間被羞辱。戲無論演得多麼熱烈逼真，王熙鳳還是保持她的冷靜精明，透露出她好算計的本性。

王熙鳳花了三百兩銀子關說司法，讓都察院完全按照她寫好的劇本演戲，但她不甘心花這三百兩銀子，在哭鬧撒潑中她就說出自己有多委屈，丈夫違法在外包養女人，自己還要花「五百兩」打點都察院，擺平官司。尤氏、賈蓉為了息事寧人，當然立刻送五百兩銀子給王熙鳳。這般節骨眼上，王熙鳳不忘算計，又多賺了二百兩。

因為王熙鳳大鬧，賈蓉就當她面說：要不要把尤二姐就還給張華，讓張華撤告，平息官司。

王熙鳳此時又恨賈蓉、又恨尤二姐、又恨丈夫賈璉，然而她還是知道這樣的權貴世家，被一個無賴張華告贏了，將成何體統，她也不放心尤二姐不在自己掌握中。賈蓉知道王熙鳳心意，就遣人通知張華說，已經得了這麼多錢，趕緊跑路溜了吧，要真和賈家鬧下去，死無葬身之地。

張華知道輕重，溜了。王熙鳳怕此事洩漏，留下禍根，立刻派旺兒「務將張華治死」。旺兒覺得「人命關天」，沒有照做，躲了幾天，回報王熙鳳說，張華被土匪打死了。

張華逃過一劫，無賴混混，憨人還真有憨福。

十五

秋桐

秋桐，賈赦身邊的丫頭，老爺既鄙俗，賞識的丫頭自然也沒什麼頭腦，
一下子變成老爺送給少爺的「贈品」，便張狂驕矜到不把任何人放在眼裡。
秋桐只是一個棋子，無知淺薄的棋子，王熙鳳用她來殺人，
她渾然不覺，每日拿最難聽的字眼罵人。

《紅樓夢》第六十九回，王熙鳳忙到不行，一方面打點房子，把尤二姐騙進大觀園，在眾人面前表現得賢良慈善，把尤二姐介紹給賈母，為丈夫賈璉說情，大方接納他娶妾；另一方面，王熙鳳暗地裡調唆張華去都察院告賈璉，國孝家孝期間娶親，依仗權勢，霸佔人妻。

王熙鳳不只是「兩面三刀」，更驚人的是她過人的精明和心機，每一件事都在安排掌控中，連司法衙門的官員都收她賄銀，配合演戲。玩法玩到如此，令人歎為觀止。

現實裡也有王熙鳳這樣的人吧，費盡一切心機在算計上，然而《紅樓夢》的作者不斷暗示提醒，「機關算盡太聰明」，最終必然是「反算了卿卿性命」。人生在世，或許難免會有算計，但是沒有一點傻，沒有一點憨，沒有在算計中給別人留一點活路餘地，最後也就是自己要受苦的開始吧。

小時候總是聽母親教訓：「你不走的路，要留三條給別人走。」民間俗語，簡潔而有智慧，聽起來不像有邏輯，卻是知道人上有天，天意廣大，不會容許一個人刻薄到不給他人留餘地活路。

王熙鳳沒有料到，自己如此「聰明」，卻失了厚道，天意就要來收拾她了。

王熙鳳玩弄司法，步步成功，有點膽大妄為了，案件了結，把該侮辱陷害的人一一告到了，爭到了面子，也拿到了銀子，志得意滿。她命令旺兒把利用過的人斬草除根，「務將張華治死」，因為張華知道所有詳情，如果不除去，來日必留下後患。

精明的人有精明人的算計，但她沒有料到，一向替她辦事忠心耿耿的旺兒，也因為「人命關天，非同兒戲」，一念之間，不肯殺死張華。天網恢恢，精明人還是少了天意廣闊、為他人留活路的智慧。

緊接著另一件事發生，又讓王熙鳳的算計落空，那就是秋桐的出現。

秋桐何許人？許多讀者可能印象不深。

秋桐是賈璉父親賈赦房裡十七歲的丫頭。賈赦好色，妻子邢夫人懦弱，任由丈夫予取予求，做長輩的賈母看不過去，就出重話罵了賈赦：「如今上了年紀，做什麼左一個小老婆，右一個小老婆放在屋裡，沒的耽誤了人家。」

賈母的話很有意思，賈赦年紀大了，喜歡討小老婆，小老婆都是十六、七歲的少女，賈赦能不能「做什麼」，沒有人確定，但聽賈母口氣，很為這些被他霸佔的少女們不平。

秋桐就是他房裡一個有姿色的丫頭吧，兒子賈璉出外公差一個月，回來稟報父親，賈赦心血來潮，覺得兒子辦事辦得好，就把秋桐賞給了兒子。

父親一大把年紀，左一個小老婆，右一個小老婆，一高興起來，還賞一個小老婆給兒子。送兒子小老婆，這大概是今天讀者不太容易理解的奇怪「贈品」吧。賈家是詩書權貴世家，講求孝道，父親送的「贈品」等同「皇恩」，也因此讓秋桐這丫頭「烏鴉變作鳳凰」，一下子就跩了起來。

王熙鳳忙了半天，安排一步一步逼死尤二姐，卻沒想到，一下子丈夫又多出一個女人，而且是老爸賞賜，非要不可，還得畢恭畢敬，派車去接回家來，不然就有違孝道。王熙鳳「吞聲忍氣」，心裡恨到不行，但她工於心計，表面還是和顏悅色，擺酒接風，人前做得漂亮大方。

她當然也恨秋桐，但是她沉得住氣，她知道正好可以借刀殺人，讓秋桐先鬥倒尤二姐，自己再慢慢收拾秋桐。

秋桐，賈赦身邊的丫頭，老爺既鄙俗，賞識的丫頭自然也沒什麼頭腦，一下子變成老爺送給少爺的「贈品」，便張狂驕矜到不把任何人放在眼裡。

王熙鳳看穿秋桐「沒腦」，就假裝生病，飯食都拿到房裡吃，讓尤二姐一個人每頓飯都要面對秋桐，受秋桐的氣。秋桐是卑賤人，講話都像潑婦罵街，尤二姐被賈璉包養，秋桐抓住這八卦，當著眾人面罵尤二姐是「先姦後娶沒漢子要的娼婦，也來要我的強。」

這是典型的秋桐式語言，語言很容易看出人的品格，語言下流，人品也難高尚，可憐尤二姐就要在這樣的語言暴力折磨下香消玉殞。

秋桐辱罵尤二姐，理直氣壯，好像自己冰清玉潔，才能批評別人「先姦後娶」、「娼婦」。作者卻慢慢透露，原來賈赦這老爺身邊妻妾太多，作者用了一句有趣的形容——「貪多嚼不爛」，看來賈赦的確是「有心無力」，身邊的青春少女就各自找人發洩，「與二門上小么兒們嘲戲」。賈璉也覺得父親既然「嚼不爛」，不時也來幫幫忙，「每懷不軌之心」，跟父親的愛妾「眉來眼去」，「這秋桐便和賈璉有舊」。

賈府的汙穢骯髒，作者寫來毫不隱瞞，如果《紅樓夢》是作者的家族自傳，他在回憶中是懷著多麼深的反省懺悔啊。

秋桐只是一個棋子，無知淺薄的棋子，王熙鳳用她來殺人，她渾然不覺，每日拿最難聽的字眼罵人。尤二姐像軟禁的囚犯，有一餐沒一餐，秋桐按時長舌，講難聽的話，尤二姐只能「暗愧暗怒暗氣」。

尤二姐是天性善良軟弱的人，沒有反擊能力，無處申訴宣洩，憋在心裡，日久便積成了病，又遇到一名姓胡的庸醫，亂用重藥，活活把一名已成形的男胎打了下來，血行不止。

王熙鳳假意哀傷，燒香禮拜，祈願尤二姐再懷胎，她願意「吃長齋念佛」。王熙鳳可以在神佛前都說謊，倒是秋桐一貫她的小奸小壞，仍然用鄙俗的話罵人：「縱有孩子，也不知姓張姓王。」秋桐大聲張揚，表示自己一年半載也生一個，「倒還是一點攙雜沒有的呢！」

孩子沒有保住，如此骯髒的話，尤二姐聽了，沒有回答，她是已經決定自己的死亡了。

十六

尤二姐吞金

尤二姐對生命痴心妄想過，以為得到一個男人，可以是一生的依靠。
沒有想到短暫的甜蜜新婚，忽然出現晴天霹靂。
她萬萬也想像不到，世界上有王熙鳳這樣心中充滿恨的女性。
又因為精明能幹，心中的恨，可以一點一點都化成現實裡的報復。

尤二姐是《紅樓夢》裡個性極單純、極善良的女性。被賈珍、賈蓉父子玩弄，又被設計由賈璉包養為妾，最後被騙，落入王熙鳳手中，軟禁在大觀園裡，活活被折磨而死。她的遭遇使人悲憫同情，也使人對王熙鳳的陰險狠毒搖頭嘆息，果真是判詞裡說的：「機關算盡太聰明，反算了卿卿性命。」

《紅樓夢》第六十八、六十九回，作者細心描述尤二姐受苦的過程。一個被軟禁的囚犯，一個沒有自己親人幫助的孤獨者，一個心地柔軟、毫無反抗能力的弱女子，在王熙鳳的手中，猶如奄奄一息的老鼠，戰戰兢兢，生死任人擺布，痛苦到柔腸寸斷。

第六十九回，尤二姐終於吞金自殺，是小說重要的轉折關鍵。以七十回做分界，七十回以後，賈府的繁華終究趨於沒落，雖然七十回裡林黛玉試圖重建桃花社，七十一回裡賈母過八十歲生日，熱鬧非凡，但《紅樓夢》一過七十回，繁華已經欲振乏力。尤二姐的受苦死亡，像是家族招致上天詛咒，終於難逃覆亡命運。

作者寫尤二姐最後的受苦到死亡，安安靜靜，一點一點寫來，像是為家族做過的傷天害理的事懺悔，也讓人有深刻反省。王熙鳳對他人不留餘地的追殺，無論理由多麼正當堂皇，也都令人心驚，手段的毒辣，使人不寒而慄。失去了人性中最基本的對生命的不忍，也就是自己和一整個家族走向毀滅死亡的時刻吧。

王熙鳳聰明、精明，而無智慧。智慧如日，智慧有心，還是要有敬天地惜眾生的慈悲吧。眾生無辜，不知悲憫，就要遭天譴。

王熙鳳一知道丈夫賈璉在外頭包養尤二姐，立刻審問興兒，弄清楚所有細節，但她不動聲色，假裝不知情，卻暗地裡盤算布局，等賈璉一有公務，出外一個月，她即刻動手，把尤二姐誆騙進大觀園。

王熙鳳誆騙尤二姐的戲演得精采，因為老太妃去逝，正在國喪期間，賈璉的伯父賈敬也還在辦喪事，王熙鳳首先要抓住賈璉在「國喪」、「家喪」期間娶親的兩重違法，讓自己接下來拆散這婚姻找到合法的立足點。

細讀一下王熙鳳第一次前去見尤二姐身上的裝扮——「頭上皆是素白銀器，身上月白緞襖，青緞披風，白綾素裙。」這一身服喪的衣服頭飾，荒涼肅殺，想像畫面素白色的寒冷，彷彿一陣一陣涼風透骨，這是王熙鳳要殺人了。

然而尤二姐不覺得，她單純、善良、溫暖，不會想到面前一身素白的女人真是僕人興兒告訴過她、警告過她的——「兩面三刀」。

王熙鳳使出渾身解數，要讓尤二姐相信她，即刻搬進大觀園來，她才能確實掌握這弱女子，讓她在沒有一個人可以援助的狀態下，孤孤單單被折磨至死。

這幾年常常重複讀王熙鳳第一次見到尤二姐，掏心掏肺講的話，她在話裡不斷提「天、地、神、佛」，她向尤二姐說「姐姐竟是我的大恩人」這麼重的話、這麼誠懇的話。

對天地發誓，然而王熙鳳竟然是當謊話來講。一個人說著「天地神佛」，卻已起殺機；一個人說著「你是我的大恩人」，卻已盤算著如何殘害對方。作者下筆委婉，然而彷佛許許多多嘆息，已經預見了王熙鳳極悲慘的下場。

第六十九回，尤二姐在孩子流產、一切幻滅之後，是吞金自殺而死的。

她對生命痴心妄想過，以為得到一個男人，可以是一生的依靠。沒有想到短暫的甜蜜新婚，忽然出現晴天霹靂。

她萬萬也想像不到，世界上有王熙鳳這樣心中充滿恨的女性。又因為精明能幹，心中的恨，可以一點一點都化成現實裡的報復。

王熙鳳其實可以饒過尤二姐，以她過人的聰明，她也絕對知道，尤二姐不是她的對手。尤二姐善良，尤二姐不與人爭，她是真的死心塌地、心甘情願，願意做一個小三，連委屈都沒有，可以幫助王熙鳳料理家務。王熙鳳也親口告訴尤二姐，她操持家務太累了，以致流產，她也真需要一個幫手。王熙鳳理知上的分析，都知道尤二姐對她沒有一點害處，如她自己對尤二姐說的：「竟是我的大恩人。」然而，王熙鳳還是一點一點安排折磨尤二姐，逼她走向死亡。

王熙鳳不知道自己心中竟有那麼多的恨，恨天、恨地，恨神、恨佛。她說過：「從來不信什麼是陰司地獄報應的。」王熙鳳心中的恨難以解釋，因為恨，她自己不快樂，她也不讓所有的生命快樂；因為恨，她連對她最無害的人也要加害。

王熙鳳的「恨」使我沉思，這樣的「恨」，多麼恐怖。這樣的「恨」，像杜斯妥也夫斯基小說裡常常描述的「罪」，是真正「惡」的來源吧。

王熙鳳是恨生命本身嗎？王熙鳳害死尤二姐的過程讓人不寒而慄，我們不知道人性裡潛藏著這麼多的恨，恨要殺死所有的人，最終要殺死自己。

尤二姐自殺，想過上吊，想過自刎，她的妹妹尤三姐是割頸自刎，悲壯決絕。然而，她是個性柔弱的人，連死亡也無法乾脆，最後想到「生金子可以墜死」，才勉強爬起來，在箱子裡找到一塊金子，狠命吞嚥下去，又趕緊穿戴整齊，希望連死亡，也要死得規矩整齊。

很少聽過吞金自殺的，也不知道吞金是如何死亡。有人說，金子重量，會一段一段穿破腸胃內臟而死。作者沒有明說，尤二姐的死亡是作者自己的「痛斷心腸」吧，他知道家族要受最大詛咒了。

「恨」在心裡，化解不開，詛咒災禍就接二連三而來。

十七

張德輝

有一個畫面很動人，薛姨媽治酒宴款待，給張德輝送行，
讓薛蟠做主人，貴婦人不便見男客，
薛姨媽在廊下隔著窗子，「千言萬語囑託張德輝照管薛蟠」。
老員工忠心耿耿，事業才能傳承，這張德輝便是薛家產業的支柱。

《紅樓夢》第四十八回出現一個叫張德輝的人，他是薛蟠家一個年過六十的老伙計。作者為什麼會提到這個人？

原來在第四十七回，薛蟠在賴尚榮家裡看戲，遇見了帥哥柳湘蓮，突然就失了魂。薛蟠是典型富二代家裡寵壞的孩子，他大概從小想要什麼，家裡就給他弄到手。長大以後，看到可愛漂亮的人，像玩具一樣，他也一定都要弄到手。

薛蟠的「愛」非常奇怪。小說一開始，他在路上遇到人口販子販賣香菱，他「愛」上了，一定要。香菱先賣給了馮淵，薛蟠不讓，家中豪奴就把馮淵打死，硬把香菱搶回家做妾。剛看小說，以為薛蟠如此為「愛」殺人，真是激情，也以為他如此「激情」得來的香菱，一定會珍惜愛護。

其實不然，很快薛蟠就把香菱丟在腦後。他進了京城，住在姨媽王夫人家，結交了一堆富二代、官二代的紈袴子弟，玩得更凶，變本加厲，越發為非作歹起來。他在姨父賈家的貴族學校假借讀書，用錢包養學弟，起先是金榮，後來甩了金榮，又同時包養起兩個小學弟「香憐」、「玉愛」。

薛蟠的「愛」，男女不拘，只要他看對眼，一定要到手。

薛蟠的行徑其實並不奇怪，在今日華人社會的富二代、官二代裡，也絕不少見吧。

從小要玩具要慣了，長大以後，所謂「愛」，也只是玩具。要玩，一定要搶到手，到手，就又膩了，再找新的玩具。

薛蟠一開始打死馮淵，連衙門都不必去，自有母親想辦法打點。薛蟠的母親薛姨媽出身四大家族，是王子騰的姐妹，另一個姐妹嫁給四大家族的賈政，就是賈寶玉的母親王夫人。

薛姨媽丈夫早死，守著薛蟠一個獨子，當然從小就寵愛縱容他到無法無天。

薛蟠打死人的事，後來交到賈雨村手中審理。賈雨村是靠賈政的推薦信才復職做官的，自然趕緊修書給賈政，表示這樁人命官司他會一手遮天。有家族護著，薛蟠沒事，仍舊玩著他為非作歹的遊戲。

薛家是皇商出身，替皇室做採買，可以想見是多麼闊綽有勢力的地位。

薛蟠父親已經去世多年，但是老家族的人脈都在，到處都有生意買賣，光是京城街面上就有好幾家商號當舖。

薛蟠的父親在世時一定是管理高手，人走了這麼多年，家族這樣龐大的生意買賣還照樣做，照樣可以經營。

薛蟠是不學無術的富二代，用他自己的話來說：「我長了這麼大，文又不文，武又不武，雖說做買賣，究竟戥（音等）子算盤從沒拿過……」

這是薛蟠調戲柳湘蓮被痛打一頓之後，人生裡第一次深切的自我省悟。

薛蟠一生要玩什麼都弄到手，第一個給了他教訓的竟然是柳湘蓮。柳湘蓮俊美漂亮，浪跡萍蹤，像孤獨的俠客，他又豪爽不拘細節，跟一般「酷兒」玩在一起，也上台票戲，粉墨登場，甚至「眠花宿柳」。這就讓薛蟠誤會，以為他也可以玩一玩，於是當眾調戲，叫他「小柳兒」。柳湘蓮外號是「冷二郎」，的確是「酷兒」，他厭煩鄙視薛蟠這樣的下流輕浮，就把薛蟠誆騙到郊外，好好痛打了一頓。

薛蟠第一次受到這樣大的教訓，身體受傷，鼻青臉腫，但更受傷的是，他富二代從來沒有人敢碰的自大自尊吧。

薛蟠剛被打，母親心疼，也曾動怒要官府捉拿柳湘蓮。倒是薛寶釵懂事，知道這是給無法無天的哥哥一次難得的教訓，便阻止了母親又要用權勢袒護兒子。

養了幾天傷，身體好了，薛蟠受辱的心卻養不好，一向作威作福慣了，一次拿不到玩具，就要痛苦了。

《紅樓夢》作者寫薛蟠的轉變寫得極好，他剛開始只是裝病，覺得調戲男子被打了，親友都知道，就不肯見人。

可是長此以往，總不見人，也不是辦法，正好老伙計張德輝提出要到遠處辦貨的事，薛蟠靈機一動，不如跟張德輝出外做生意去，且逛一年，「賺錢也罷，不賺錢也罷，且躲躲羞去。」

薛蟠一提要跟張德輝出去做生意，第一個反對的又是他老媽。薛姨媽從小寵兒子，抓在手裡不放，此刻也一樣不相信兒子可以正經做生意。

薛蟠跟媽媽吵了一架，他真心要學做買賣，媽媽又不准，就賭氣睡覺去了。

最後解決問題的，還是聰明靈透的妹妹寶釵。寶釵勸母親還是要放手，拿一千兩銀子，給薛蟠買一個經驗，總還是要試一試，「他若是真改了，是他一生的福。若不改，媽也不能又有別的法子。」薛姨媽因此才答應了薛蟠。

有一個畫面很動人，薛姨媽治酒宴款待，給張德輝送行，讓薛蟠做主人，貴婦人不便見男客，薛姨媽在廊下隔著窗子，「千言萬語囑託張德輝照管薛蟠」。

傳統社會，常有「託孤」一事，無論政治、產業，乃至家族，老主人託付老員工，照看扶助小主人。

老員工忠心耿耿，事業才能傳承，這張德輝便是薛家產業的支柱。他不只忠心，也懂生意買賣，經驗老到，四十八回說他從小在薛家從基層幹起，如今年過六十，應該是退休年齡了，要回家過年，特別提起「今年紙札香料短少，明年必是貴的」，因此建議薛家可以藉他回鄉之便，順路採買這些貨品，明年就可以有幾倍的利錢。

薛家老主人過世，小主人不成材，但是如此大的家業買賣，有張德輝在，還是不會出現問題。屹立不搖於四大家族之間，生意照做，買賣照樣興旺，都是因為有張德輝這樣的老伙計。

台灣政治界、產業界都盛談世代交替，要「世代交替」，其實得先穩住張德輝這樣的老伙計吧。

十八

桃花行

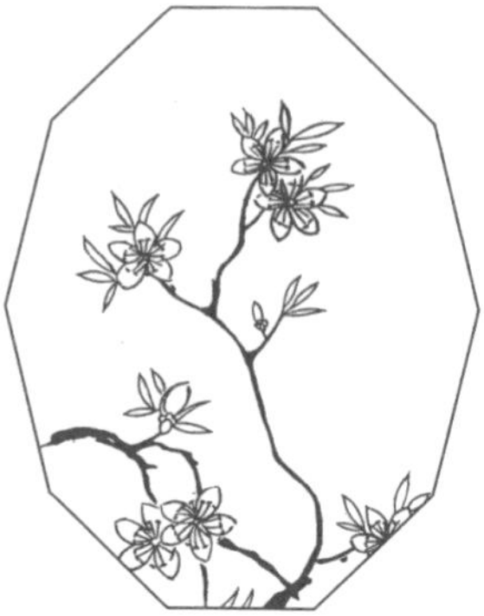

在《紅樓夢》創作〈桃花行〉之前，明代畫家唐寅寫過〈桃花庵歌〉。
用桃花來換錢換酒，這是林黛玉不會有的落魄潦倒。
林黛玉是以花與淚串連她的感傷，
唐寅卻是以花與酒來揮灑他狂放不羈的悲痛。

《紅樓夢》第七十回，林黛玉寫了一首〈桃花行〉，用「桃花」做主題，串成一首類似迴旋曲形式的歌。

〈桃花行〉一開始，前面四句裡就重複了四次「桃花」：「桃花簾外東風軟，桃花簾內晨妝懶。簾外桃花簾內人，人與桃花隔不遠。」

「歌行」詩體，承接漢樂府的敘事歌謠傳統，平鋪直敘，相對於唐代格律嚴謹、對仗工整的律詩、絕句，「歌行」的語言比較隨意自然，比較接近一般口語。「歌行」，也大多有可以朗朗上口、可以讀誦吟唱的意味。

像杜甫有名的〈兵車行〉、〈麗人行〉、〈觀公孫大娘弟子舞劍器行〉，白居易的〈琵琶行〉、〈長恨歌〉，都是歌行體中家喻戶曉的作品。「歌行」是用歌謠形式敘述事件，娓娓道來，出入於客觀描述與主觀意見之間，兼具散文敘事與詩意韻文抒情的雙重功能。

我總覺得青年學詩，「歌行」是入門的好範例，掌握敘述故事的結構能力，掌握戲劇情節的模擬，同時，可以避開一入手就被音韻、對仗、格律等技巧綁住的危險。「詩言志」，寫詩還是要有話說，一下子就掉到技巧辭彙的經營賣弄，斤斤計較對仗平仄，失去了說話的本意，就難走出大格局。

我特別喜歡杜甫的〈兵車行〉，講述唐代安史之亂官府抓兵徵伕的慘狀：

「車轔轔，馬蕭蕭，行人弓箭各在腰。爺娘妻子走相送，塵埃不見咸陽橋。牽衣頓足攔道哭，哭聲直上干雲霄。道旁過者問行人，行人但云點行頻。」

朗讀起來，非常像一首歌，彷彿聽過就可以跟著唱。節奏韻律自然，不會拗口，通篇一氣呵成，順暢無阻礙。

我喜歡杜甫非常庶民的語法，像「牽衣頓足攔道哭」，孩子要被抓去當兵了，父母不捨，抓著衣服，拍胸頓腳，呼天搶地，號啕痛哭，寫出了無辜百姓悲痛到極點時動作的失常，形象逼真活潑，一看就懂，沒有文人的詰屈聱牙。一千兩百多年前的古文，今天讀起來，比現代白話文還要好懂，也更貼近民間口語。

「道旁過者問行人」，其實也就是今天口語說的「路人甲」、「路人乙」，兩個過路的人攀談起來，一個人問另一個人，到底發生了什麼事，為什麼有人這樣大呼小叫，有人這樣痛哭流涕。

杜甫善於用接近新聞報導的方式敘述事件，避開自己主觀的介入，保持一種客觀瀏覽「蒐證」的態度。像紀錄影片一樣，讓作者對事件的描述更具可信性、真實性。他著名的「三吏三別」（註），基本上也是運用了同樣客觀敘述的「歌行」體。

註：指〈石壕吏〉、〈新安吏〉、〈潼關吏〉及〈新婚別〉、〈無家別〉、〈垂老別〉詩六首。

林黛玉的〈桃花行〉，沒有杜甫史詩敘事的格局，僅僅以「桃花」為核心，帶出自己傷春的感觸心事。全詩重複用到九次「桃花」，環繞一個意象，反覆迴旋；其中以「花」、「人」，「簾內」與「簾外」，交錯重疊，折射出傷春意象。

「歌行」體的詩，像音樂上一個主題旋律的不斷變奏，使「歌行」的節奏源源不絕，像潺潺流水，淙淙琤琤，曲曲折折，的確如民間反覆疊唱、高亢入雲的民謠歌行。

〈桃花行〉和林黛玉另一首有名的〈葬花吟〉一樣，都是借花隱喻，傷逝自己的青春，總結在「淚眼觀花淚易乾，淚乾春盡花憔悴。憔悴花遮憔悴人，花飛人倦易黃昏。」這四句中也同樣重複「淚」、「花」、「憔悴」，一波一波，餘音蕩漾。

在《紅樓夢》創作〈桃花行〉之前，明代大畫家唐寅寫過〈桃花庵歌〉，體例類似，可以對讀。

唐寅的〈桃花庵歌〉有他親筆手書的詩稿，詩文好，書法也瀟灑活潑。他是明清兩代生命性靈還沒有被科舉八股桎梏的讀書人，不做官，沒有錢，不與俗世妥協。但是，與花、與酒、與詩畫度日，唐寅是幸福的吧！有詩酒救他，有繪畫創作讓他活得像仙人一般，清風明月，做一個真實的自己。

〈桃花庵歌〉約三十年前所見，依稀是紐約大都會美術館借展的作品，見過一次後，念念不忘，記得開頭也是四句裡都有「桃花」：

「桃花塢裡桃花庵，桃花庵下桃花仙；桃花仙人種桃樹，又摘桃花換酒錢。」

我喜歡唐寅接下來描述自己在花酒間的陶醉：

「酒醒只在花前坐，酒醉還來花下眠；半醒半醉日復日，花落花開年復年。但願老死花酒間，不願鞠躬車馬前。」

最後，他比較了「富貴」與「貧賤」，像爛醉者的瘋癲囈語，但也說出了生命真相吧：「車塵馬足貴者趣，酒盞花枝貧者緣。若將富貴比貧賤，一在平地一在天；若將貧賤比車馬，他得驅馳我得閑。別人笑我忒瘋癲，我笑他人看不穿；不見五陵豪傑墓，無花無酒鋤作田。」

用桃花來換錢換酒，這是林黛玉不會有的落魄潦倒。林黛玉是以花與淚串連她的感傷，唐寅卻是以花與酒來揮灑他狂放不羈的悲痛。

我喜歡唐寅五十歲時寫給自己的詩：「醉舞狂歌五十年，花中行樂月中眠。」

看來他真是嗜花嗜酒，耽溺迷戀美麗的事物，頹廢沉溺，在醉中嘲笑著名利追逐者的鄙俗貪婪。

《紅樓夢》的作者是喜愛唐寅的，小說裡不只一次提到唐寅。唐寅詩裡的「漫勞海內傳名字，誰信腰間沒酒錢」，也是《紅樓夢》作者寫作時一樣荒涼潦倒的心境吧。然而那時他還不如唐寅，因為還沒有幾個人知道他在寫偉大的巨作，他只是在孤寂中一字一字、認真回憶懺悔自己的一生吧。

桃花簾外東風軟，桃花簾內晨妝懶。
簾外桃花簾內人，人與桃花隔不遠。
東風有意揭簾櫳，花欲窺人簾不捲。
桃花簾外開仍舊，簾中人比桃花瘦。
花解憐人花也愁，隔簾消息風吹透。
風透湘簾花滿庭，庭前春色倍傷情。
閑苔院落門空掩，斜日欄杆人自憑。
憑欄人向東風泣，茜裙偷傍桃花立。
桃花桃葉亂紛紛，花綻新紅葉凝碧。
霧裹煙封一萬株，烘樓照壁紅模糊。
天機燒破鴛鴦錦，春酣欲醒移珊枕。
侍女金盆進水來，香泉影蘸胭脂冷。
胭脂鮮豔何相類，花之顏色人之淚。
若將人淚比桃花，淚自長流花自媚。
淚眼觀花淚易乾，淚乾春盡花憔悴。
憔悴花遮憔悴人，花飛人倦易黃昏。
一聲杜宇春歸盡，寂寞簾櫳空月痕！

十九

風箏

林黛玉放風箏，將要剪斷時卻說：「這一放雖有趣，只是不忍。」
她剛寫的〈柳絮詞〉中令人難忘的句子是：
「嘆今生誰捨誰收？嫁與東風春不管，憑爾去，忍淹留。」
放風箏似乎是〈柳絮詞〉的註腳，放風箏時，各人仍然說著各人的心事。

《紅樓夢》裡數次提到風箏。

第五回，賈寶玉在太虛幻境，看到「金陵十二釵正冊」，裡面就有一幅畫是風箏。畫裡畫著兩個人在放風箏，「一片大海，一隻大船，船中有一女子掩面泣涕之狀。」許多人都認為，這是賈探春最後遠嫁的暗示。

除了畫中有風箏之外，判詞的文字也寫到風箏：

「才自精明志自高，生於末世運偏消。清明涕送江邊望，千里東風一夢遙。」

《紅樓夢》裡風箏的暗喻，歷來都是跟探春連繫在一起。

第二十二回裡，過元宵節，元春從宮裡送出一個燈謎，要大家解謎，後來每個人都寫起了燈謎，請賈母賞燈取樂。《紅樓夢》作者讓每一個人的燈謎，也都不知不覺透露了自己的性格或未來的命運。大家猜謎底，是炮竹，是算盤……，而謎面寫的，卻正是自己。

這一次，探春作的燈謎，謎底恰巧又是風箏。探春出的謎面也是一首詩：

「階下兒童仰面時，清明妝點最堪宜。游絲一斷渾無力，莫向東風怨別離。」

這首燈謎的謎面，呼應著第五回的判詞，預告了探春遠嫁的命運，像風箏一樣，一旦斷了線，與故土親人長久離別，就再也無消息音訊了。

風箏在第五回、第二十二回出現，都在暗喻探春；但到了第七十回，全書非常關鍵的一章，作者更全力、細節地描寫起清明前後民間放風箏的習俗來了。

第七十回，是《紅樓夢》從繁華入沒落的關鍵。前面六回（六十四～六十九），寫尤三姐刎頸自盡，寫柳湘蓮頓悟幻滅出家，寫尤二姐飽受折磨吞金而亡，寫柳五兒的冤屈受辱，一連串悲劇事件發生。

到了七十回，一開始就寫到，賈府有「八個二十五歲的單身小廝應該娶妻成房」，看來是個小事，但是，讀《紅樓夢》的人大概都知道，賈寶玉潛意識裡最害怕的事，不一定是死亡，而是「離別」。「八個二十五歲的單身小廝應該娶親成房」，也就是賈府大觀園裡要有八個少女應該婚配嫁出去了。

作者沒有直寫寶玉的落寞，他只淡淡敘述幾個該婚配的少女的反應。第一個是鴛鴦，她發誓不嫁，要服侍賈母終老，她是用「不嫁」對抗好色老爺賈赦對她的染指。第二個是琥珀，因為有病，這次也不能成親婚配。這兩個都是賈母身邊的丫頭，其次就是王夫人房裡的彩雲，因為跟要好的賈環鬧彆扭，也「染了無醫之症」。

有名有姓、大家熟悉的丫頭都無法成婚，作者筆鋒一轉，說：「只有鳳姐兒和李紈房中粗使的大丫鬟出去了。」

「出去了」是離開賈府，離開青春王國的大觀園，是永遠的「離別」。這幾個「粗使丫鬟」，因為無名無姓，好像不容易引起注意，也不特別哀傷，然而微塵眾生，作者要寫生命裡無可奈何的聚散的悲憫，在第七十回已經透露了端倪吧。

第七十回，一開始寫年齡到了的單身男女要由主人配婚。一直拒絕長大、拒絕「離散」的寶玉，如果他就是作者，第七十回後段忽然寫到「風箏」的一場戲，就必然和前段「出去了」有密切的呼應連繫吧。

第七十回寫史湘雲等人填寫〈柳絮詞〉，忽然聽到風箏掛在竹梢上，一陣響聲，大家跑出來看，也興起了放風箏的念頭。

近幾年，有關曹雪芹撰寫〈南鷂北鳶考工志〉的討論很多，許多風箏的工藝美術考證，集中探討曹雪芹與風箏設計製作的關係。許多學者認為，《紅樓夢》的作者是一名職業的風箏創作者，甚至有曹雪芹《風箏譜》的出版。以第七十回的風箏細節描述來看，《紅樓夢》作者的確精通當時民間風箏的製作，以及放風箏在南方與北方的各種習俗。

一個掛在瀟湘館竹梢上的蝴蝶風箏，丫頭們說：「不知是誰家放斷了繩？」

當時民間有放風箏放掉「晦氣」的習俗，在風箏飛到最高、最遠的時候，剪斷連接風箏的線繩，就連帶把人的病痛、災難、不快樂一起剪斷、送走了。

《紅樓夢》的作者似乎不只精通風箏製作，也耽溺在放風箏的習俗裡對袚除不祥、去除災禍的祈願吧。

第七十回如此細節的描述風箏，也許恰恰在預告即將來臨的家族一切的變故——人的離散、病痛、死亡。「生離」、「死別」陸續要出現，作者望著剪斷以後越飛越遠的風箏，「一時只有雞蛋大小，展眼只剩了一點黑星，再展眼便不見了。」

作者視覺上的記憶，好像在講飄颻遠去的風箏，卻又像是在講生命裡捨不得的眷戀。捨不得，卻必要捨得；捨不得，卻不得不捨。作者在家族繁華敗落、「樹倒猢猻散」前，用風箏做了引子。

那一天放風箏好不熱鬧，小丫頭們七手八腳拿出「美人風箏」，「也有捆剪子股的，也有撥籰（音月）子的。」《紅樓夢》百科全書包羅萬象，還包含了明清時代民間風箏工藝的記錄。

大魚的風箏，螃蟹的風箏，都沒有找到，賈寶玉也放起一個「美人風箏」。寶琴放的是「大紅蝙蝠」風箏，寶釵放的是「一連七個大雁」風箏。

寶釵剛寫的〈柳絮詞〉裡，最後一句是：「好風頻借力，送我上青雲！」

林黛玉放風箏，將要剪斷時卻說：「這一放雖有趣，只是不忍。」她剛寫的〈柳絮詞〉中令人難忘的句子是：「嘆今生誰捨誰收？嫁與東風春不管，憑爾去，忍淹留。」

放風箏似乎是前一段〈柳絮詞〉的註腳，放風箏時，各人仍然說著各人的心事。

探春放的是「鳳凰」風箏，天上恰好也有另一個「鳳凰」。兩個「鳳凰」逼近，絞在一起，又來了一個門扇大的「喜字」風箏，三個風箏絞在一塊，「三下齊收亂頓，誰知線都斷了」，這是暗示探春要遠嫁了嗎？

然而，我總覺得七十回的放風箏，不只是講探春遠嫁、婚姻逼近，而是大觀園青春離散的預告。

二十

賈母八十歲

賈母八十歲生日，家族榮耀寵幸到了極致，輝煌璀璨，鼓樂盈耳，
老祖母像一尊廟裡的神明偶像，受眾人朝拜敬禮磕頭。
而他的孫子賈寶玉，仍是十幾歲的孩子，擠在熱鬧繁華中，
覺得老祖母怎麼一下子老了，自己卻還沒有長大。

第七十一回賈母過八十歲生日，好不熱鬧。

初看不覺得，多看幾次，難免會懷疑：賈母八十歲了，那麼賈寶玉幾歲？林黛玉、薛寶釵幾歲？探春幾歲？

《紅樓夢》裡人物的年齡，早有人指出過，並不寫實。

第三十九回，賈母見劉姥姥，問劉姥姥幾歲？劉姥姥說：「我今年七十五了。」賈母慨嘆說：「比我大好幾歲呢。」

「大好幾歲」，如果當時賈母算七十歲，身邊的賈寶玉、林黛玉都是十四、五歲的孩子。匆匆十年過去，賈母八十歲了，讀者才猛然醒悟，一起加十歲，賈寶玉、林黛玉不都應該二十五歲左右了嗎？然而賈寶玉一直到高鶚補寫的結局，出家做和尚，也才十九歲。

賈母老了，過八十大壽，賈寶玉、林黛玉、薛寶釵、史湘雲、探春，都還是十五歲上下。他們都不會長大，像作者自己，回頭看大觀園花開花落，永遠是同一個春天。大觀園的時光，似水流年，而那水像一面不動的鏡子。不在大觀園中住，很快就老了，大觀園卻是人間百日，天上還只是一個黃昏，夕陽餘暉，一吋一吋，在水面上遲遲不肯褪去。

記憶裡的時間，從來不是現實的時間。就像我有時回過頭去看，老家窄窄長長的巷口，總是走不完。廟裡香煙裊裊，誦經聲不斷，母親拿著玩具在巷口招手，然而，怎麼走也走不到巷口。那是不會移動的時光，那是記憶裡永遠停格的畫面。

馬奎斯（Gabriel García Márquez）在他的《百年孤寂》（*Cien años de soledad*）裡的時光，也是不寫實的。等待死亡的時光那麼長；戀愛中蝴蝶翩翩的繽紛的歲月；驚恐的時光，張嘴一口一口吞吃泥土；憂傷的時光，一條血跡，從槍殺現場慢慢流在回家的路上；喜悅的時光，火焰中土塊即將化為黃金；老去的時光，祖母變成一具乾縮的玩偶，孫子都拿在手上玩耍，太陽好時，就把老祖母放在戶外曬一曬……

一次一次讀著馬奎斯的《百年孤寂》，好荒涼；一次一次讀著《紅樓夢》，也好荒涼。能夠繽紛華麗，又能夠荒涼，大概都是因為記憶裡的時光與現實的時光恍惚迷離吧。

我總覺得母親是一夜之間頭髮花白的，讀到羅蘭・巴特的《明室》（*La chambre claire*），說母親死了，整理遺物時，在抽屜裡發現母親五歲時的照片，巴特說：「啊！母親曾經五歲……」

記憶這麼不合理，沒有邏輯，作者說「滿紙荒唐言」，是說那記憶裡如何也拼湊不起來、拼湊不完全的破碎過去嗎？

所以，沒有道理，賈母六十歲，賈寶玉十歲，賈母八十歲，賈寶玉十五歲。

考證家苦不堪言，一再指出《紅樓夢》裡年齡的舛誤，很為自己的精細得意，然而作者說得更徹底——滿紙荒唐言。他的故事，本來就沒有邏輯。

馬奎斯被大家貼了一個標籤——「魔幻寫實」，在《百年孤寂》裡，時光錯綜迷離，好像理所當然。《紅樓夢》沒有標籤，學者們只好傷透腦筋考證。

人物年齡錯離謬誤，作者不知道嗎？還是他的記憶裡，有些人會老，有些人永遠不會長大。用賈寶玉胡說的話來看——「女孩兒未出嫁，是顆無價寶珠；出了嫁不知怎麼，就變出許多不好的毛病兒來，雖是顆珠子，卻沒有光彩寶色，是顆死的了；再老了，更不是顆珠子，竟是魚眼睛了。」

很難想像林黛玉過了二十歲是什麼樣子，很難想像林黛玉結了婚是什麼樣子，很難想像林黛玉老了是什麼樣子。

大觀園裡時光是靜止不動的，一次一次，花開花落，還是同一個春天。

學者指出的問題，包括元春與寶玉姐弟的年齡差距。第二回冷子興介紹賈府，說元春生在大年初一，第二年又生了一位公子，啣玉而生的賈寶玉。如此看來，元春和寶玉只差一歲。但是到第十八回元春回家省親，又說寶玉三、四歲時，就由元春教授讀書，顯然元春又比寶玉大很多。

高鶚補寫的《紅樓夢》，元春是四十三歲薨逝，而賈寶玉成婚、出家，書裡說「哄了老太太一十九年」，寶玉最後也只有十九歲。他跟元春從相差一歲，距離越拉越大，最後相差二十幾歲。元春會老，賈寶玉在大觀園裡，他是不會老的。十九年，他只是來人間哄一位老太太開心，而賈母八十歲了，他還是青少年，要撒嬌撒賴，讓老祖母開心。

老萊子七十歲了，裝扮成幼稚園小兒形狀，逗父母開心，小時候讀這故事，也覺得好荒涼心酸。

我不喜歡「魔幻寫實」這個標籤，貼上這個標籤，小說有時不像小說，像中文系學生「文學批評」必修課的考前猜題，寫實不夠，魔幻也不夠。沒有這標籤的時代，台灣文學裡七等生的〈我愛黑眼珠〉，夠寫實也夠魔幻，一直到阮慶岳，他的《重見白橋》也還有台灣迷人的心事。

賈母的生日是八月初三日，推算到今天曆法，大概是處女座。

賈母八十大壽，非同小可，生日從七月二十八日起，一直過到八月初五日，一連過了七、八天。

第一天請皇親，駙馬、王公、公主、郡主、王妃。

第二天請政府閣員、督府、督鎮及他們的夫人。

第三天請政府各級單位的一般官員和夫人，以及遠近親友。

第四天是大兒子賈赦的家宴，第五天是二兒子賈政家宴，第六天是孫子輩賈珍、賈璉家宴。

第七天是賈府合族長幼大小共同的家宴。

最後一天是留給賴大、林之孝等老管家僕人的一場酒宴。

禮部奉旨：欽賜金玉如意一柄，彩緞四端，金玉環四個，帑銀五百兩。

封為貴妃的孫女元春又命太監送出金壽星一尊，沉香拐一隻，伽南珠一串，福壽香一盒，金錠一對，銀錠四對，彩緞十二匹，玉杯四隻。

賈母八十歲生日，家族榮耀寵幸到了極致，輝煌璀璨，鼓樂盈耳，老祖母像一尊廟裡的神明偶像，受眾人朝拜敬禮磕頭。而他的孫子賈寶玉，仍是十幾歲的孩子，擠在熱鬧繁華中，覺得老祖母怎麼一下子老了，自己卻還沒有長大。

二十一

賈母——一棵大樹

《紅樓夢》說「樹倒猢猻散」，那棵大樹，是維持家族「不散」的力量，
而作者說的這一棵大樹，也正是賈母。
賈母對家族管理的在意經心，若有若無，很容易被忽略，
但她過八十歲生日，賀客臨門，就看到她的細緻，揖讓進退都有分寸規矩。

我常常形容賈母是《紅樓夢》榮國府的創業董事長。她自己說，她嫁到賈府，前後五十四年。從孫媳婦做起，到最後，自己也有了孫媳婦。用今天企業界的話來說：她從基層做起，幹到董事長退休，經歷半世紀，資歷完整。

如今，她已經退休了，管家的事，先交給兒媳婦王夫人，後來又交給孫媳婦王熙鳳，看起來已經諸事都不煩心，悠哉悠哉，只帶著孫子輩吃喝玩樂。

然而，創業一代的老董事長，對自己一手開創的事業，真能放手不管嗎？

到了七十一回，賈母已經退休多年，她過八十大壽，應酬朝廷親王、駙馬、公主拜壽，用今天的話來說，「黨、政、軍」要員都到齊了。祝壽活動一連七、八天，連年輕人都累垮了，但是，幾場賈母關鍵的戲，仍然看到這個老董事長的精明幹練，在大事上一絲不苟。

家族繁華在她手上建立，她真正是支撐家業於不墜的一棵大樹。《紅樓夢》說「樹倒猢猻散」，那棵大樹，是維持家族「不散」的力量，而作者說的這一棵大樹，也正是賈母。這棵樹若是倒了，家族便失去向心力，失去支撐的基礎，繁華也就結束，家族的力量也就四散了。

小說一開始，覺得賈母退休了，好像大小事不管，都交給現任總經理王熙鳳處理。但是，我們仍三不五時看到賈母睜一隻眼閉一隻眼，隨時還在有意無意地監視著家族管理上是不是有疏漏。

賈母對家族管理的在意經心，若有若無，很容易被忽略，但她過八十歲生日，賀客臨門，送往迎來，就看到她的細緻，揖讓進退都有分寸規矩。

政府官員來拜壽，她是不用親自接見的，壽堂上自有兒子賈赦、賈政接待料理。她只在內室接待身分地位高的「南安太妃」、「北靜王妃」等。幾件小事，看到賈母在周旋這些親王權貴夫人時的謹慎。因為牽連到家族「政商關係」，所以一點也不敢馬虎。

南安太妃或許是南安王的母親，不但身分最尊，年齡輩分也最高，因此壽宴時，無論點戲入席，都以南安太妃為主，其次是北靜王妃，陪客是錦鄉侯、臨昌伯的夫人。

南安太妃點戲入席後，接著問起寶玉。寶玉為賈母去廟裡「跪經」祈福，還沒回來。南安太妃又問幾個賈家姐妹，說要見一見。賈母就命史湘雲、林黛玉、薛寶釵、薛寶琴出來見客，幾個嫡親的賈家姐妹，賈母想了一下，只讓老三探春出來。

這是《紅樓夢》裡極容易被忽略的一件小事，賈母因此還得罪了兒媳婦邢夫人，因為邢夫人的女兒是賈迎春。迎春是老二，人稱「二木頭」，傻傻的，怯怯懦懦，做事常失分寸，講話也不得體，不能登大雅之堂。都是嫡親孫女，賈母私下也一樣疼迎春，但是今天場合不同，在所有親王權貴面前，要跟南安太妃見面，這是家族的「表演」。賈母清楚，只有賈探春可以讓家族不失臉面，因此她寧可得罪兒媳婦，也不能讓家族「品牌」失色。

這是一般讀者不容易看到的賈母心思吧，一個家族富貴四、五代，就像一個企業盛旺四、五代，都必須如此處處謹慎。「品牌」不是一兩年建立的，「品牌」也不會一兩年就垮掉，關鍵都在像「大樹」一樣的賈母式人物的屹立不搖吧。

我喜歡南安太妃見到五個女孩後說的話：「都是好的，妳不知叫我誇哪一個的是。」

這五個女孩果真都優秀，但南安太妃在應酬場合也要懂得說話做人的周全。當時如果賈迎春在場，說了不得體的話，南安太妃也就難如此一致的誇讚了。

南安太妃跟史侯家熟，正是賈母史太君娘家的人，南安太妃就似真似假地跟史湘雲嗔笑說：「妳在這裡？聽見我來了還不出來，還只等請去。我明兒和妳叔叔算帳。」

賈母不只為自己夫家做了「公關」，也當然還要帶上自己的娘家（史侯）。這一棵大樹「庇蔭」之廣大，不得不令人佩服。

南安太妃跟隨的人立刻打點五樣禮物——「金玉戒指各五個，腕香珠五串。」

南安太妃還要謙虛表示，禮物不夠精緻：「妳姐妹們別笑話，留著賞丫頭們吧。」

賈母過生日，權貴世家都來了，其實都是一種「表演」。

我童年時痛恨大人們的聚會，每當宴客就有一大堆虛浮客套。我當時幼稚，不知道是在「表演」，有點像二木頭賈迎春吧，每次看到大人們入席時讓來讓去，讓了近十分鐘還坐不下去，我不耐煩，一屁股就先坐下，事後當然被父親痛打一頓。我以後才知道大家假裝「謙讓」，也是表演，看哪個「二木頭」沒分寸，心中沒有長輩，一屁股坐下去。

賈母過八十大壽的戲，有許多好看的細節。賓客們一面用膳，一面看戲，戲單要用茶盤托著，由管家送到侍妾手中，再捧給尤氏，尤氏才親手捧給南安太妃。南安太妃要謙讓一回，假裝一下，讓旁邊的北靜王妃點，讓錦鄉侯誥命點，但大家都不敢點，知道這是「表演」，最後還是南安太妃點戲。點戲也是學問，賈母過壽，一定點吉慶戲文，要是任性點一齣「哭墳」，大概也要遭白眼，更嚴重是家族「品牌」就垮了。

壽宴上了四道菜，接著上一道湯品。上了湯，各家權貴跟來的人要打賞，貴婦人們就到安排好的「退處（休息室）」去更衣、補妝、解手，再重新入席。現在婚宴上只看新娘換裝，賈家當年宴客，是連來賓也要一起換裝的。

青少年時厭煩大人們的虛偽客套，看《紅樓夢》就當然不會細看賈母過壽宴客一段。年紀大了，重新回味，真是好看，吃飯、送禮、講話、點戲、換裝，原來都是「表演」，也都是在講權貴間的人際關係。

二十二

滿床笏

「滿床笏」在七十一回再次被提到，講的不是戲，而是一件賈母的生日賀禮，
是一張圍屏，圍屏上刺繡的故事正是「滿床笏」。
《紅樓夢》撲朔迷離，真真假假，但是作者始終在講自己家族的故事。
「滿床笏」的三次出現，都在暗示賈府由創業到繁華到敗落的過程。

《紅樓夢》第一回，跛足道人唸出有名的〈好了歌〉，而甄士隱為〈好了歌〉解註的第一句就是：「陋室空堂，當年笏滿床。」

這一句話，當然是作者自己感傷身世——面前破陋殘敗的房子，當年曾經是床榻上堆滿了「笏」的豪門官家。

「笏」是古代官員上朝時手上拿的一種長形板子，上窄下寬。《禮記》中就有「笏」的記載，有的用玉石製作，有的用象牙，有的用竹木，依據官位身分高低區分。這種笏板一直到明代還在用，明朝四品官以上執「象笏」，五品官以下就用「木笏」，階級也很清楚。

笏板的文化影響到日本、韓國、越南等地區，因此，許多東亞的傳統戲劇，像日本的能劇裡，朝廷官員出來議論朝政，手上都還拿著「笏板」。

笏板的用途，有不同說法，一般認為是上朝時官員向君王奏報朝政，為了怕遺忘，就寫成備忘錄，像小抄一樣，雙手持笏板，眼睛看小抄，無遺漏地把奏報的事說完整。

也有人認為，早期笏板擋在前面，是為了避免講話時口水、氣穢亂噴，衝撞到君王。這一點，現在看到立法院裡吵架，肆無忌憚，口沫橫飛，官員飽受口穢之苦，就會懷念起古代設計的「笏板」。

商周時代有一種玉石器叫「圭」，最原始的造型可以追溯到新石器時代。我懷疑是當時一種勞動工具或武器，像一把刀劍，有些還明顯有握柄和刃面。如果兵器代表一個部落時代統治者的階級身分，「圭」會不會也有可能是「笏」的前身？

「笏滿床」的典故在《紅樓夢》裡重複出現，第一次在〈好了歌〉中。第二次在第二十九回，賈母去道觀祈福，在神佛前執茭，卜出那一天要演的三齣戲。

第一齣是「白蛇記」，賈母不知道故事，賈珍解釋說是講漢高祖斬蛇起義，開創了漢朝江山。「白蛇記」自然象徵賈府的先祖創業。第二齣就卜出了「滿床笏」，賈母還特別感喟地說：「神佛要這樣，也只得罷了。」第三齣戲卜出的是「南柯夢」，賈母就沉默不言語了。

「滿床笏」第三次出現，就在第七十一回賈母過八十大壽這一段。

從小說一開始的〈好了歌〉，一直到七十一回，「滿床笏」成為貫穿整部小說的一個象徵，值得細細推敲一下作者的意圖。

長期以來，「笏板」成為官員的象徵，也與富貴權力聯想在一起，《舊唐書》裡就敘述到開元年間有朝廷大官家宴，家族裡做官的人太多，聚會時，要特別準備一張床榻，用來堆放笏板。這個典故，後來被附會在唐代平定安史之亂的大將郭子儀身上，說郭子儀過壽，七個兒子、八個女婿都回來，全是在朝的官員，笏板堆滿一床，因此就編出了「滿床笏」這一齣戲。

「滿床笏」這齣戲，明清時代常在吉慶喜宴上演出，是大戶人家喜慶的應景娛樂，有加官晉爵的祝福意義。賈母在神前卜出這齣戲，當然也象徵經過創業，賈府正達致富貴權力的巔峰。賈母對富貴極盛彷彿有謹慎，但是神佛決定，她因此說：「神佛要這樣，也只得罷了。」

「滿床笏」之後卜出「南柯夢」。南柯一夢，富貴畢竟最終都成空，仿如夢一場，賈母因此沉默而不言語。

「滿床笏」的三次出現，都在暗示賈府由創業到繁華到敗落，而賈母過八十大壽再次出現「滿床笏」，也就是賈府由盛極的巔峰開始走下坡的關鍵。

七十一回「滿床笏」再次被提到，講的不是戲，而是一件賈母的生日賀禮，是一張圍屏，圍屏上刺繡的故事正是「滿床笏」。

賈母八十大壽，賀客車水馬龍，禮物堆得滿坑滿谷。書裡說，賈母前一二日還覺得新鮮，都親自去看一看禮物。後來煩膩了，連看也不看，就由管事的人記入禮單，收進庫房。

貴族豪門，禮尚往來，收禮、送禮都是學問，也都是家族管理的重要基礎。收禮、送禮出了差錯，小則遭人輕視，沒有大家規矩，重則得罪權貴，在官場上的人脈都可能因此受到折損。

我們看到賈母對禮物膩煩了，賀禮堆得滿坑滿谷，她看都不看，這會是一個家族或企業管理疏忽的開始嗎？

其實不然，這位八十歲的家族創業董事長，隔了幾天，忽然問起管理家務的王熙鳳說：「前兒這些人家送禮來的，共有幾家有圍屏？」

我一直覺得這是賈母在考試，她不會要王熙鳳拿禮物記帳單來查帳，退休董事長有創業者的精明，也有退休後角色的分寸，她只輕描淡寫地問：「共有幾家有圍屏？」王熙鳳必須立刻回答：「共有十六家有圍屏。十二架大的，四架小的炕屏。」

王熙鳳又特別補充，其中兩件特別珍貴，一件是江南甄家送的十二扇大紅緞子緙絲圍屏，一面繡「滿床笏」，另一面繡「百壽圖」。另一件是粵海將軍鄔家送的玻璃炕屏。

賈母高明，王熙鳳也厲害，二人高手過招，不著痕跡。

賈母聽了以後，特別交代，這兩件要給她留著，她要送人。

讀者都知道，小說裡的江南甄（真）家，是北方賈（假）家的真身本命，也就是作者繁華富貴了好幾代的自己家族的故事。「滿床笏」的大紅圍屏正是江南甄家送的禮物。

《紅樓夢》撲朔迷離，真真假假，但是作者始終在講自己家族的故事。如果把小說裡三次「滿床笏」出現的線索連貫起來，從第一回到第七十一回，就清楚看到了作者講繁華轉衰敗的過程。七十一回賈母賀禮中出現「甄家」送的「滿床笏」緙絲圍屏，有著作者特殊的象徵涵義吧。

二十三

費婆子

人一失勢，就容易失常。《紅樓夢》作者講費婆子「指雞罵狗」，
因為還沒有抓到對方把柄，還沒有盼到機會，
只好「指雞罵狗」，向雞狗亂罵，發洩一通。
費婆子這一類人，生命最大的快樂或許就在等機會鬧事吧。

費婆子是邢夫人的陪房，小說前七十回，都沒有她的戲。到了第七十一回，賈母過八十大壽那幾天，事情特別多，費婆子也就有了故事。

賈母過八十歲生日，賈府車水馬龍，忙得人仰馬翻，於是寧國府賈珍的太太尤氏也過來幫忙。尤氏白天在榮國府忙，晚上就在大觀園李紈的稻香村歇息。

慶壽的幾天，人一多，事情一雜亂，管理上就容易有疏忽。許多官員親王來拜壽，一桌一桌宴席，送往迎來，尤氏忙得疲累不堪，等於代替正在生病休養的王熙鳳，把一切大小事都擔下來。尤氏連續幾天忙到傍晚，客人散了，連飯也沒空坐下來吃，叫說：「餓的我受不得了。」

尤氏好不容易空閒一會，進大觀園來，想找點吃的，卻發現正門、角門都沒有關，也沒人看守。她怕門禁不嚴，有了疏失，就叫丫頭傳話找當班的人，要查明原因。沒想到丫頭到了班房，竟然沒有人在。丫頭又跑去找管事的婆子，結果兩個婆子自顧自地分菜果吃，也不理會丫頭。丫頭氣急了，說「東府（寧國府）」的少奶奶要傳管事的人，兩個婆子依然不理不睬，還說了「各家門，各家戶」這樣難聽的話。

小丫頭也不懂事，心裡受了氣，跑去回報尤氏。尤氏正在怡紅院吃點心，聽了丫頭的話當然一肚子氣。湘雲、寶琴在旁邊，趕緊安慰尤氏，勸尤氏不要跟兩個不懂事的老嬤嬤生氣。襲人正在為尤氏弄吃的，也怕尤氏被惹惱，趕緊說她立刻去處理這事。

尤氏平日是好脾氣、不容易使性子的人，聽丫頭傳了兩個婆子極無理的話，發作了一陣子，經眾人勸說，看在「老太太千秋」分上，也就不計較了。

尤氏氣過了，原來可以無事的，卻傳到周瑞家的耳朵裡。周瑞家的多事，當成一件大事去報告王熙鳳，誇張尤氏有多生氣，被兩個婆子得罪了，必須要好好懲罰。王熙鳳當然要給尤氏面子，不能讓僕人得罪了另一房的主人，就下令把兩個婆子綑綁起來，交給尤氏處置。

社會上原來可以化解了的微不足道的小事，常常因為「小人」的誇張挑撥，事情就會越鬧越大。

《紅樓夢》七十回前後，作者寫了許多看似雞毛蒜皮的瑣事，但也都因為這些瑣事不斷被「人」誇張撥弄，逐漸就變成像腐爛的黴菌，到處蔓延，足以侵噬敗壞一個家族和睦相處的根基。

作者寫這些「小人」，寫得極好，他說這些人是「好察聽這些事的」，「這些事」也就是「小事」。周瑞家的「好察聽這些事」，立刻飛奔告訴王熙鳳；趙姨娘也是「好察聽這些事」，輾轉聽聞，便告訴林之孝家的。因為愛傳是非，事情就越鬧越大了。

這些人無所事事，就好「察聽」東家長、西家短，爭相走告，很像我們今天的媒體、臉書，唯恐天下不亂。

被綑綁起來的兩個婆子的女兒，來跟管家林之孝家的求情。林之孝家的就向她們透露，妳家的姐姐給了費婆子的兒子，要求情，當然去求費婆子。這費婆子就出場了！

費婆子何許人也？

原來費婆子是邢夫人的陪房。賈府管事的女人，有許多出身「陪房」。陪房就是小姐嫁過來時的陪嫁嫁妝，貴族豪門的嫁妝，不一定是金銀珠寶，常常是「僕人」跟著陪嫁過來。像周瑞家的原是王夫人的陪房，旺兒媳婦原是王熙鳳的陪房，王夫人、王熙鳳是姑姪，都是出身四大家族的王子騰家，權勢烜赫，她們的陪房也就結成一股勢力。邢夫人、王夫人，她們是妯娌，彼此有鬥爭，僕人也各成幫派。邢夫人的陪房有費婆子，也有接下來抄檢大觀園的王善保家的，也都是作者筆下「好察聽這些事的」一夥。

費婆子一聽自己親家被綑了起來，這可不得了了。

費婆子原來很有點勢力，後來因為賈赦要邢夫人去跟賈母討鴛鴦做小老婆，惹惱了賈母，邢夫人失寵，連帶她的陪房也被冷落，費婆子心裡就積了怨恨。

人一失勢，就容易失常。作者筆下的費婆子，失勢以後「倚老賣老」，「嘴裡胡罵亂怨的出氣」。這種形象，我們其實都不陌生。

賈母慶壽，許多大事都由王夫人、王熙鳳這一派的管家掌控安排，費婆子晾在一旁，「乾看著人家逞才賣技辦事，呼么喝六弄手腳，心中早已不自在，指雞罵狗，閒言閒語的亂鬧。」

我喜歡《紅樓夢》作者講費婆子「指雞罵狗」，因為還沒有抓到對方把柄，還沒有盼到機會，只好「指雞罵狗」，向雞狗亂罵，發洩一通。費婆子這一類人，生命最大的快樂或許就在等機會鬧事吧，她的親家被綑了起來，她終於等到發飆的機會了。

費婆子聽說周瑞家的綑了她親家，先「指著隔斷的牆大罵了一陣」，接著就跑去邢夫人面前，開始挑撥這件事。

邢夫人本來跟王夫人有心結，覺得賈母偏愛王夫人，連自己的兒媳婦王熙鳳也是王家的人，也靠著賈母、王夫人，踩著自己。邢夫人的心結被費婆子一挑撥，變成了嚴重的派系鬥爭。第二天，當著眾人的面，邢夫人就指責兒媳婦王熙鳳，說她不顧老太太千秋，欺壓老僕人，著實給了王熙鳳難堪，也讓費婆子這一干「好察聽這些事的」、好興風作浪的小人們發洩了積蓄已久的怨氣。

費婆子不可小覷，社會容易亂，大抵是因為費婆子太多。費婆子之後，接下來，就是邢夫人另一個陪房王善保家的要興風作浪了。

二十四

司棋

司棋的傲慢，做丫頭的不甘心，對自己卑微處境的不服氣，
全在這第一次出現中透露了端倪。「從山洞裡出來，站著繫裙子」，
十一個字，勾畫了一個輪廓，司棋的率性，
司棋內心潛藏著對禮教的叛逆，對青春肉體的渴望，似乎都已呼之欲出。

想談一談《紅樓夢》裡的一個丫頭——司棋。

她是賈家排行第二的小姐賈迎春的貼身丫頭。賈迎春搬進大觀園，住綴錦樓，司棋隨侍，成為大觀園諸多青春少女中的一名成員。但是，小說一直看到第六十回，可能對這個少女都沒有深刻的印象。

司棋的第一次出現，在小說第二十七回裡，作者有意無意地寫了一個小小的引子。那天是芒種節，許多少女們聚在一起，告別她們住進大觀園的第一個春天。寶玉房裡的丫頭紅玉要去找王熙鳳，走在花園裡，忽然遇到司棋——「司棋從山洞裡出來，站著繫裙子。」司棋的第一次出現只有這一句，因此，讀者通常都不會對她有印象。

紅玉問司棋，知不知道王熙鳳在哪裡？司棋只回答了「沒理論」三個字。

這一段關於司棋的描述，總共不到一行，大概很少會有讀者停在這十幾個字，深究其中可能埋伏了司棋性格的線索。

《紅樓夢》善於做「千里伏線」的安排，二十七回關於司棋一個小到不能再小的線頭，要間隔好幾十回之後，司棋這個丫頭才有了更突出的著墨。

司棋第一次出現，為什麼是從山洞裡出來？為什麼站著繫裙子？紅玉向她打聽王熙鳳在哪裡，她似乎愛理不理，冷冷地回答三個字：「沒理論。」彷彿拒人於千里之外。

司棋的傲慢，做丫頭的不甘心，對自己卑微處境的不服氣，全在這第一次出現中透露了端倪。「從山洞裡出來，站著繫裙子」，十一個字，勾畫了一個輪廓，司棋的率性，司棋內心潛藏著對禮教的叛逆，對青春肉體的渴望，似乎都已呼之欲出。

然而，二十七回僅憑這十幾個字，讀者不會了解作者為何這樣安排司棋出場。要間隔將近四十五回，一直到第七十一回，讀到司棋私自違犯夜禁，跟表哥潘又安在花園樹叢中幽會，「初次入港」，衣衫不整，被鴛鴦撞見，讀者可能才恍然大悟，原來《紅樓夢》的作者「千里伏線」，有這樣細密的心思。

對司棋這個不甘青春被囚禁、大膽追求自身愛情、不惜走向毀滅的少女，作者似乎也透露出對她無奈的哀憫與惋嘆。

司棋在第二十七回出場，有了一個線索的頭，要到第六十一回才有更重要的性格敘述。六十一回的故事主線也不是要講司棋。大觀園的主廚柳嫂子，千方百計要把女兒柳五兒送進怡紅院，給寶玉當丫頭。芳官跟柳家要好，常到廚房來，柳嫂子就央求芳官說情，也對芳官百般奉承巴結。

作者突然岔出主線，寫到司棋房裡的小丫頭蓮花跑來，傳司棋的話，說要一碗燉雞蛋，要燉得嫩嫩的。

柳嫂子正在忙，有點不耐煩，就回答說：「今年這雞蛋短的很，十個錢一個還找不出來」，「妳說給她，改日吃罷。」蓮花不高興了，抱怨說上次司棋要吃豆腐，也弄了些餿的，害她被罵了一頓。

這也是一點小事，從蓮花口裡側寫出司棋個性裡的挑剔、驕縱，也很類似晴雯「身為下賤，心比天高」的傲氣。

蓮花跟柳嫂子鬥起嘴來，蓮花不服氣，說不相信就沒有雞蛋，隨手亂翻，真在一個菜箱裡翻出了十來個雞蛋。蓮花當然像抓到賊贓一般嚷嚷起來，指責柳嫂子隱瞞說謊，還說了一句難聽的話：「又不是妳下的蛋，怕人吃了。」兩人就吵了起來。

司棋等雞蛋吃，蛋沒等到，蓮花也不見了，就再命人傳話來催，罵蓮花「死在這裡了」。

蓮花趕緊回去，當然加油添醬，把事情大大渲染一番，司棋聽了，「心頭起火」，氣憤難平。司棋服侍迎春用完飯，即刻率領小丫頭到廚房來，一臉怒氣沖沖，柳嫂子趕忙滿臉陪笑，說好話，司棋也不搭理，喝令小丫頭動手，把菜箱裡所有的東西扔出去餵狗，司棋說：「大家賺不成。」

這是司棋第一次正面出場，她的剛烈個性，她的不服輸，她的任性驕縱，她甚至有「大家賺不成」，潛意識裡同歸於盡、毀滅一切的悲劇性格。

柳嫂子一句話也不敢說，旁邊的人不斷打圓場，說柳嫂子「有八個頭，也不敢得罪姑娘。」

司棋好不容易勸走了，柳嫂子趕緊燉了雞蛋送去，司棋也沒有吃，全潑在地下了。

司棋第一次讓讀者有印象，應該是從這一個事件開始。

大觀園是一個青春的花園，住的都是十五歲上下的少女們。她們在這花園裡享有幾年美好的青春，然而她們都是沒有未來的人。每個人有每個人的心思，襲人認定了要做賈寶玉的妾，平兒在兇悍霸道的主人王熙鳳安排下做了賈璉的妾；鴛鴦被好色老爺賈赦看上，也要納為妾，她抵死不從，表明服侍賈母歸了西就出家做尼姑。

《紅樓夢》裡的青春少女都是沒有未來的，除了做少爺、老爺的妾，只有等著到十六歲之後，由主人配給門房、隨扈，或趕車的小廝。

《紅樓夢》裡對自己命運有自覺的丫頭，像紅玉、像司棋，努力想改變命運。紅玉力爭上游，希望至少不是一個連主人都不認識的丫頭，因為有一次寶玉見到她，竟然問她是哪一房的丫頭。

司棋在花園山洞裡做什麼？為何站著繫裙子？為何要吃燉得嫩嫩的雞蛋？為何率領小丫頭大鬧廚房？為何把好好一碗雞蛋全潑在地下？

《紅樓夢》的作者是如此串聯一個人物個性點點滴滴的細節，不著痕跡。一直要到七十一回結尾，鴛鴦在花園暗處看到人影，認出是司棋，叫了出來，才發現司棋已經買通門禁，讓表哥進花園來幽會。

司棋不顧生命危險，追求自己的激情，她潛藏的毀滅個性終於一觸即發。從二十七回到七十一回，司棋這個角色，描述不多，但首尾相連呼應。

二十五

再說司棋

司棋冒著生命危險，私自約會男友，她對自己愛情的渴望強烈而絕對。
但潘又安逃走，不告而別，激昂的愛頓時徹底從心底幻滅，
她領悟到所愛男子竟如此沒有情意，終身所託化灰化煙，陷入沮喪絕望。
司棋的沮喪，司棋的絕望，是《紅樓夢》所有女性的共同悲哀吧。

司棋這個丫頭，一直到七十一回結尾，才真正有了故事。但故事一開始，也就是她走向死亡毀滅的時刻了。

司棋被描述為身材高大豐滿的少女，與當時一般個性退縮、弱不禁風的女性不同。二十七回她一出場，就是「從山洞裡出來，站著繫裙子。」剛開始不會注意，頂多是想司棋可能一時尿急，要解手方便，就在山洞裡解決了。這畫面是丫頭紅玉看到的，紅玉向她打聽王熙鳳在哪裡，她愛理不理，說了拒人於千里之外的三個字：「沒理論。」覺得別人煩她，囉嗦討厭。

這小小的開頭，看了就忘了，不會有人計較。但是讀到第七十一回，司棋與表哥躲在花園暗處幽會，忽然想到二十七回，彷彿司棋早就有了許多少女情慾的私密。或許是身體發育特別早，或許對情愛有強烈激情的渴望，或許對抗著做丫頭的卑賤命運，或許不甘心青春如此被囚禁，司棋的個性與內心世界，竟然是如此一貫的連繫著。

看到七十一回，司棋偷情被撞見，才回頭去想，二十七回她從山洞出來，站著繫裙子，是尿急解手嗎？還是暗示著她的私密世界？

《紅樓夢》作者的鋪排如此不著痕跡，卻又如此準確，令人驚訝，歎為觀止。

《紅樓夢》作者又如何看待這個私自在花園約會男人的丫頭司棋呢？

在傳統貴族豪門宅院，司棋這樣的舉動，必然是死罪。看《紅樓夢》，前面有金釧的故事，只是和少爺寶玉多講了一兩句玩笑話，就被攆出去，從此不得見人，羞憤投井自殺。

比較起來，司棋買通門禁，把男朋友搞進大觀園來，發生肉體關係，罪行當然要嚴重得多。

司棋會不知道自己做的事關係著兩條人命嗎？

司棋的幽會被鴛鴦撞見了，司棋知道逃不掉，即刻向鴛鴦跪下來。她流著淚，向鴛鴦坦白，說那小廝是「姑舅兄弟」，也叫躲在暗處的小廝出來，給鴛鴦磕頭。司棋說：「我們的性命，都在姐姐身上，只求姐姐超生要緊。」她講得很白，她知道自己的命和愛人的命，都握在鴛鴦手中。

這些丫頭們，從小一起長大，彼此依靠，彼此憐惜，比一般姐妹還親，司棋又和鴛鴦特別要好。鴛鴦知道這事非同小可，張揚出去，司棋和小廝都沒有活路。鴛鴦善良，說了一句：「你放心，我橫豎不告訴一個人就是了。」

司棋放了心，但緊急的時刻，門禁喊了要關院門，如果小廝出不去，也還是要被巡夜的逮到。鴛鴦高聲說：「我在這裡有事。」放走了兩個魂飛魄散的愛侶。

司棋的故事到了七十二回，有了讓她更傷心的事發生。司棋冒著生命危險，私自約會男友，她對自己愛情的渴望強烈而絕對，彷彿破釜沉舟，準備背水一戰，不成功，就成仁。

鴛鴦守信，沒有張揚司棋的事。但是到了七十二回，鴛鴦聽說司棋病了，又聽說賈府有一個小廝無故逃走失蹤，鴛鴦聰明，大概已經知道事情的發展了。

司棋和她的姑表兄弟從小一起長大，小時候戲言，都常說將來要做夫妻。長大以後，兩人都出落得帥氣標緻，彼此有了愛意。但是在貴族家做奴僕，身不由己，司棋除非回自己父母家，否則根本連這表兄弟的面也見不到。兩地相思，當然辛苦，快到適婚年齡，司棋也害怕被主人隨意配婚，情急之下，就大膽在花園私自約會這表兄弟潘又安。

作者取人名很有意思，潘安是西晉時的美男子，以後中國傳統戲曲裡的帥哥，都被譬喻為「貌似潘安」。司棋愛的帥哥，正好叫做潘又安，幽默詼諧，令人會心一笑。

常看戲的人都知道，傳統戲曲裡「貌似潘安」的男子，多半是空有外貌，懂得調情，甜言蜜語，其實在故事裡多是沒有擔當，沒有責任感，怕事，一有風聲就溜之大吉的軟弱男人。

果然，司棋這表哥「潘又安」，又是傳統戲曲男性小生的翻版。司棋為他買通婆子，私下到花園幽會，結果被鴛鴦撞見，這小廝已經嚇破了膽，連夜懼禍逃跑，三、四天不見蹤影。那司棋買通的婆子悄悄來通報，把司棋「氣個倒仰」，司棋說得好：「縱是鬧了出來，也該死在一處。」

司棋起初是擔驚受怕，害怕鴛鴦說出去，會性命不保。其後知道潘又安逃走，不告而別，激昂的愛頓時徹底從心底幻滅，她領悟到所愛男子竟如此沒有情意，終身所託化灰化煙，陷入沮喪絕望，因此「懨懨的成了大病」。

司棋的沮喪，司棋的絕望，是《紅樓夢》所有女性的共同悲哀吧。有的隱忍以死，司棋只是用豁出來、不活了的絕決悲壯走向死亡而已。

第七十四回，王善保家的抄檢大觀園，司棋正是王善保的外孫女，沒想到就在司棋的箱子中搜出了潘又安的一雙鞋襪、同心如意，以及一封兩人私密來往的情書。

物件和信落入王熙鳳手中，眾人吃驚，司棋卻面無表情，「低頭不語，也並無畏懼慚愧之意。」

作者輕描淡寫，卻寫出了司棋案發後冷漠以待的生命情境。無可畏懼，無可慚愧，在愛情的激昂幻滅之後，其實她早已判定了自己的死刑吧。

司棋的故事是令人心痛的故事，作者再次「秉刀斧之筆，懷菩薩之心」，行文如此冷峻而不動情緒，心裡卻悲憫哀痛一個青春生命如此受苦。

二十六

紫鵑

紫鵑關心林黛玉的婚事，她熱心介入，希望快快促成黛玉和寶玉的良緣。
許多人會覺得是紫鵑對黛玉情同姐妹的關心，不希望黛玉最後
無依無靠，沒有人照顧。紫鵑的「忠心」不可懷疑，
但《紅樓夢》眾多丫頭的心思，也都在為自己的未來尋找歸宿。

紫鵑是林黛玉的貼身丫頭。小說第三回，林黛玉進賈府，大約是九歲左右，母親死了，父親林如海無法照顧她，就從蘇州帶了一個老婆子、一個小丫頭雪雁，北上投靠外祖母。她到了賈府，賈母疼她，覺得她身邊的人，老的老，雪雁又太小，就特別從身邊挑了一個二等得力的丫頭鸚哥去照顧黛玉，從此鸚哥改名紫鵑，成為林黛玉身邊的貼身丫頭。

漢字有長久的文化記憶，紫鵑使人想到杜鵑，是一種花，也是一種鳥，是李商隱詩裡的「望帝春心託杜鵑」。古蜀國的帝王化作鳥，一聲一聲啼叫，把春天叫回來，叫喚到噴出鮮血，血染紅了花，因此鳥叫杜鵑，花也叫杜鵑。

《紅樓夢》的作者用心給人物角色取名字，一兩個漢字，也就有了讓人聯想的隱喻典故，不一定是刻意的象徵，但與人物的個性身分若即若離。紫鵑從鸚哥改名，似乎也暗示了她與林黛玉此後肝膽相照的情誼關係。

雪雁年紀小，也比較天真，無心機。紫鵑服侍林黛玉之後，可以看到她處處對林黛玉細心周到的照顧。

第八回，下雪天裡，寶玉和黛玉到梨香院探望寶釵。雪雁送了取暖手爐來，雪雁說：「紫鵑姐姐怕姑娘冷，使我送來的。」作者細心，讓讀者知道紫鵑服侍照顧黛玉的無微不至，雪雁想不到的細節，紫鵑都想到了，黛玉出門做客，紫鵑的心思也都還在黛玉身上。

《紅樓夢》裡的丫頭，其實大部分的命運都與她們服侍的主人綰繫綑綁在一起。平兒是王熙鳳的陪嫁丫頭，最後也只有隨王熙鳳嫁了賈璉做妾。襲人用盡心機，只是認定了做寶玉的妾。看起來是她們「忠心耿耿」，對主人死心塌地，但也未嘗不是為她們自己未來的命運著想安排。

第二十九回，因為清虛觀張道士要給寶玉作媒提親，黛玉一肚子不高興，兩個人鬧彆扭。寶玉也生了氣，動手砸自己頸子上掛的玉。黛玉發怒，動手就剪斷玉上自己為寶玉結的穗子。

黛玉一動氣，五臟都煽動起來，咳嗽不停，把吃的東西一口一口都吐了出來。紫鵑在一旁，用手絹接著，耐心服侍。她一面照顧黛玉，一面不忘提醒說：「雖然生氣，姑娘到底也該保重著些。才吃了藥好些，這會子因和寶二爺拌嘴，又吐出來。倘或犯了病，寶二爺怎麼過得去呢？」

紫鵑不只服侍黛玉盡心盡力，她能在關鍵時刻有情感上的溫暖，講話公正，卻不嚴厲，對人關心，卻不濫情，始終權衡理性與感性，是眾多丫頭中個性最平衡的一個。

第三十五回有一段紫鵑精采的描寫。寶玉挨了打，在床上養病，許多人忙進忙出，或真關心，或假奉承巴結。林黛玉獨自一人躲在屋外樹下垂淚，深情至此，其實不想讓人看到。半日後，紫鵑忽然從身後出現，要林黛玉回去吃藥，提醒黛玉從大清早到現在，已經站了「半日」，黛玉才感覺到腿痠。

黛玉任性，不是一個容易相處的人，紫鵑貼心服侍，也還常常要遭黛玉故意為難。紫鵑催她吃藥，為她身體好，黛玉往往不領情，甚至發脾氣，紫鵑卻不動怒，也不放棄，因為充分了解黛玉的個性，所以並不在意，這就是真正的知己吧。黛玉高傲，不聽人勸，大概也只有紫鵑可以在她面前說一兩句重話，勸解針貶。黛玉表面上不一定服氣，心裡卻也知道紫鵑是為她好，說的都是至情至性的話。

黛玉、寶玉拌嘴，寶玉砸玉，黛玉搶過來就剪斷玉上的穗子，紫鵑事後就批評黛玉「太浮躁了些」。黛玉在氣頭上，反駁說：「妳倒來替人派我的不是，我怎麼浮躁了？」紫鵑毫不退縮，還是正色批評黛玉「小性兒」，說：「寶玉只有三分不是，姑娘倒有七分不是。」

《紅樓夢》裡這一對主僕，是真正相依相靠、相知相惜的好姐妹、好知己。

紫鵑主要的故事，在第五十七回表現了出來。五十七回寶玉來瀟湘館探病，問紫鵑：黛玉咳嗽好些了嗎？紫鵑因此開始用話試探寶玉，想知道寶玉對黛玉到底有沒有真情。

紫鵑先告誡寶玉，彼此都大了，從今以後不可以動手動腳。寶玉是不願意長大的，覺得兒時玩伴都要如此生疏，因此傷心，獨自垂淚。紫鵑又再次試探，騙寶玉說，黛玉三、二年內就要回蘇州結婚去了。

寶玉因此發了瘋病，兩眼發直，流著口水，痴痴呆呆，無知無覺，鬧得賈母、王夫人心急如焚，最後發現是紫鵑引起，就命令紫鵑搬來怡紅院照顧陪伴寶玉。

等寶玉病好，紫鵑明白告訴寶玉，她與黛玉要好，情同姐妹，她也捨不得黛玉回蘇州，才用謊話試探。寶玉此時回答了又動人又孩子氣的話，他說：「活著，咱們一處活著；不活著，咱們一處化灰化煙，如何？」

但是，一心一意為黛玉未來婚姻著想的紫鵑，她要踏實篤定的安全感，寶玉這樣虛幻抽象的回答，無法滿足紫鵑。因此，在五十七回裡，對於寶玉、黛玉的婚姻，紫鵑就還有更具體、更積極的表現。

紫鵑關心林黛玉的婚事，她熱心介入，希望快快促成、確定黛玉和寶玉的良緣。

許多人會覺得是紫鵑對黛玉情同姐妹的關心，不希望黛玉最後無依無靠，孤單一人，沒有人照顧。紫鵑的「忠心」不可懷疑，但《紅樓夢》眾多丫頭的心思，也都在為自己的未來尋找歸宿。

講得更清楚，做為丫頭，她們的命運是和服侍的小姐綰結在一起的，小姐嫁得好，她們也才有好的下場。紫鵑「熱心」黛玉的婚事，也未嘗不能從這一角度思考。

二十七

紫鵑與薛姨媽

紫鵑透露出寶玉為黛玉如此「痴」、「狂」到發病，
薛姨媽、王夫人，這一對姐妹必然會有心理反應。
但是權貴世家的出身，她們一向優雅，喜怒都不形於色，外人不會看得出來，
紫鵑是心直口快的丫頭，她更不可能知道王夫人和薛姨媽心中的盤算。

《紅樓夢》第五十七回有紫鵑與薛姨媽的對手戲，仔細看就能體會作者細微的深意。

五十七回有許多值得注意的細節，像是寶玉發了瘋病以後一般人難以理解的荒謬行為。賈母著急，知道寶玉發病是紫鵑引起，就要紫鵑來解釋。寶玉一見紫鵑，就哭了出來。

寶玉原來兩眼發直，口角垂涎，痴呆無覺，能夠哭出來，大家才放了心。

寶玉哭後，抓著紫鵑不放，說了一句：「要去，連我也帶了去。」旁觀的人不解寶玉話裡的意思，紫鵑才透露，是她騙了寶玉，說黛玉要回蘇州去了。

當時賈母、王夫人、薛姨媽都在場，寶玉因為紫鵑一句玩笑話，當了真，鬧到發病，他對黛玉的情感「痴」、「狂」到如此程度，也許第一次讓幾個長輩心裡不安吧。

王夫人是寶玉的母親，一直防範著寶玉身邊的丫頭，對自己兒子有「霸佔性」的愛，王夫人是如何看待寶玉對另一個女性的「痴」情呢？

薛姨媽是薛寶釵的母親，王夫人的親姐妹，她是四大家族的貴婦人，守寡，兒子不成材，帶著寶釵這個傑出的女兒進京「待選」，準備讓寶釵選入宮中做皇妃。這件事沒有了下文，不知是沒有選上，還是不參加了，但是寶釵已經到了適婚年齡，做母親的薛姨媽心裡不會沒有謀算。

紫鵑透露出寶玉為黛玉如此「痴」、「狂」到發病，薛姨媽、王夫人，這一對姐妹必然會有心理反應。但是權貴世家的出身，她們一向優雅，喜怒都不形於色，外人不會看得出來，紫鵑是心直口快的丫頭，她更不可能知道王夫人和薛姨媽心中的盤算。

第五十七回，作者接下來寫薛姨媽與紫鵑的對話，細心看，就特別有趣了。

寶玉發病一段，作者寫得神奇，像魔幻一般。這個青少年完全失了理性，聽到有姓「林」的人來，就哭鬧說：「林家的人接她們來了。」看到十錦格上陳設的西洋自行船，又哭鬧起來說：「那不是接她們的船來了。」鬧到賈母趕忙命人把船拿下來，寶玉把玩具船藏在被子裡，才安心笑了，說：「可去不成了！」

一個青少年，這般似傻如狂，彷彿智障，任何人都會視為「白痴」、「瘋子」吧。不知道為什麼，過了中年，《紅樓夢》讀到這裡，就要落淚。

一個成長中的少年，世俗不可知的心事，這樣執迷，這樣不捨，這樣痛，像身上打不開的一個死結，結得這樣緊，自己解不開，他人也解不開。

賈母找御醫來看，王太醫說是「急痛迷心」，「係急痛所致，不過一時壅蔽。」寶玉服了藥，安靜一些，但還是從夢中驚醒，哭著說：「黛玉已去。」

人在「痴」、「狂」中，是不是有正常理知看不到的敏銳直覺？我總覺得《紅樓夢》林黛玉的死亡，寶玉被設計娶寶釵，這兩件後來發生的大事，都已在五十七回有了預謀。預謀的主要人物，有賈母，有王夫人和薛姨媽這兩姐妹。

因為紫鵑開玩笑，騙寶玉說黛玉要回故鄉蘇州去了，寶玉就發了瘋病，鬧得賈府上上下下忙亂不可開交。紫鵑奉命陪了寶玉幾天，等寶玉病好了，紫鵑回瀟湘館，就向黛玉表明自己故意試探寶玉之意。

紫鵑回到瀟湘館，夜裡「寬衣臥下」，躺臥枕邊，像閨中密友，跟黛玉說悄悄的心裡話。

紫鵑彷彿有點得意，她的試探成功了。她說：「寶玉的心倒實，聽見咱們去就那樣起來。」

黛玉心裡或許也這樣想，但是少女談自己的情感婚事，總是靦腆，於是沉默無語。

紫鵑不死心，繼續向黛玉表示：「一動不如一靜」，「最難得的是從小兒一處長大，脾氣性情都彼此知道的了。」紫鵑直接講到黛玉未來的婚姻，覺得能跟從小認識熟悉的人結為夫妻，是再好不過的。

黛玉害羞，當然不回應，反而「啐」紫鵑嘮叨，不好睡覺：「還嚼什麼蛆。」

紫鵑並不氣餒，說了一長串，講她為黛玉「愁了這幾年了」，沒有父母，沒有親人，紫鵑心裡著急，認為一定要趁賈母還在，趕快訂下這門親事。紫鵑顯然擔心寶玉、黛玉的婚事有變卦，認為只有賈母真正疼愛黛玉，其他人都隔了一層。黛玉聽著，知道紫鵑是為自己著想，心中感觸，又哭了一夜。

五十七回最有趣的地方在結尾，薛姨媽來探望黛玉，寶釵也來了，大家聊起邢岫煙和薛蝌的婚事，覺得稀罕，原來不認識的，竟然做成了夫妻。薛姨媽說到月下老人，主管著婚姻，即使「隔著海，隔著國，有世仇的」，只要月下老人作主，「也終久有機會做了夫婦」。

薛姨媽話鋒一轉，感慨地說：「比如妳姐妹兩個的婚姻，此刻也不知在眼前，也不知在山南海北呢。」

薛姨媽心裡是在計較寶釵與黛玉的婚姻了，然而她是沉穩的貴婦人，就有意無意說，寶玉和黛玉在賈母心目中是理想的一對，說了一句：「不如竟把妳林妹妹定與他（寶玉）……」

紫鵑是丫頭，始終沒有插話，這時卻似乎忍不住了，忽然插進一句：「姨太太既有這主意，為什麼不和老太太說去？」

依照賈府的規矩，主人長輩說話，一個丫頭如此插嘴，恐怕是極不妥當的。但是紫鵑忍不住，彷彿她心裡也盤算，卡在黛玉、寶玉婚姻間的阻礙，最主要還是薛家寶釵，如果薛姨媽去跟賈母說，為黛玉婚事出面，所有阻礙就一定迎刃而解了吧。

紫鵑畢竟天真，她不會知道此刻講話的薛姨媽是何等出身，權貴豪門的貴婦人，心裡有多少機關。這一天的對話，薛姨媽心裡有了打算，紫鵑卻完全摸不透，作者含蓄，也絕不會明說。

二十八

夏守忠

第十六回裡的「夏守忠」，和第七十二回小內監口中的「夏爺爺」，微妙呼應。
「一年他們也搬夠了」，賈璉的話讓人覺得，這夏守忠似乎一直沒有離開，
有一個太監的暗影，一直躲在《紅樓夢》的角落，
冷眼看著這家族繁華熱鬧，也冷眼看著這家族慢慢被掏空。

夏守忠是一名太監，職位是六宮都太監，他出現在《紅樓夢》第十六回。

第十六回賈政過生日，忽然門吏來報告：「有六宮都太監夏老爺來降旨。」賈政急忙撤了酒宴，設了香案，開中門跪接。

這樣的排場，當然不是為了迎接一位太監，而是準備迎接「聖旨」。

但這次夏守忠來，沒有「負詔捧敕」，只是來傳皇帝的特旨「口諭」：「立刻宣賈政入朝，在臨敬殿陛見。」

夏守忠傳完皇帝口諭，茶也不喝，匆匆乘馬就走了。夏守忠來頭不小，他的身邊「前後左右又有許多內監跟從」。

傳統戲劇裡，有時會看到古代宮裡的大太監，前呼後擁，嘍囉吆喝，陣仗之大，像廟會神明出巡。

我有時候會想，為什麼我每次看戲裡太監出現，就會心中發毛，背脊涼涼，不寒而慄？

人身上潛藏的基因，追溯到多久遠，邏輯不可解，知識理性也不可解。

大學讀《明史》，讀到太監專權，可以用各種無法想像的恐怖方法殘虐讀書人，好像忽然發現了身體裡基因記憶的源頭，就趕快改讀了藝術史。以為藝術可以遠離太監的恐怖世界吧。

後來有機會看傳世名作「清明上河圖」，後面有明朝萬曆年間大太監馮保的跋，心裡一驚，畫上馮保兩字前面有長長一串官名：「欽差總督東廠官校辦事兼掌御用幹事司禮監太監」。這個馮保，原來只是「秉筆太監」，替皇帝管文件，最後可以假傳遺詔，介入傳位顧命，影響政爭，宰相張居正都必須看他眼色行事，他也染指了藝術名作「清明上河圖」。

《紅樓夢》寫太監，形象最逼真的，一是夏守忠，一是戴權。戴權是大明宮掌宮太監，他出現在第十三回，他的出場作者用了八個字——「坐了大轎，打傘鳴鑼」，也是前呼後擁的陣仗。

那一天，戴權是為了祭悼秦可卿到賈府的。賈珍請戴權私下密商，為兒子賈蓉買官，戴權說了幾個他最近賣的官位價錢，說還有一個五品龍禁尉的缺，就要賈珍送一千二百兩銀子到家裡，交易就辦成了。

《紅樓夢》沒有直接寫太監弄權，只側面寫一兩件小事，已經看到中國傳統太監文化的輪廓。

夏守忠是「六宮都太監」，《紅樓夢》裡的官名職銜，未必寫實，有許多是作者杜撰。顧名思義，「六宮都太監」自然是掌管後宮妃嬪的太監。賈家有女兒賈元春在宮裡，這管理六宮的太監來，賈府上下都緊張起來，不知是吉是凶。

賈政趕忙換了朝服進宮，「賈母等合家人等心中皆惶惶不定」。兩個時辰裡，不斷快馬來回報告，最後知道是元春封了「鳳藻宮尚書」加「賢德妃」，全家人放了心，更衣進朝謝恩。

這個夏守忠來傳了一次皇帝口諭，十六回以後，第二十三回又出現一次，到賈府傳元春口諭。之後，讀者可能早就忘了這個人，直到第七十二回，他卻彷彿借屍還魂，忽然又出現了。

第七十二回，沒有說夏守忠的名字，他本人也沒有出現，是「夏太府」一個小內監來找賈璉「說話」。賈璉一聽是「夏太府」來人，就皺了眉頭，抱怨地說：「又是什麼話，一年他們也搬夠了。」

作者沒有明說，七十二回這裡的「夏太府」太監，是不是就是十六回裡來傳口諭的六宮都太監夏守忠？

但是，相隔近六十回，第十六回裡的「夏守忠」，和第七十二回小內監口中的「夏爺爺」，微妙呼應。「一年他們也搬夠了」，賈璉的話讓人覺得，這夏守忠似乎一直沒有離開，有一個太監的暗影，一直躲在《紅樓夢》的角落，冷眼看著這家族繁華熱鬧，也冷眼看著這家族慢慢被掏空。

第七十二回，這「夏爺爺」讓身邊的小內監來傳「口諭」，「口諭」內容有趣，值得細讀：「夏爺爺因今兒偶見一所房子，如今竟短二百兩銀子，打發我來問舅奶奶家裡，有現成的銀子暫借一二百……」

《紅樓夢》裡太監的語言特別漂亮，簡潔、委婉、含蓄，但是又極清楚。

王熙鳳怕賈璉無法周旋，叫賈璉先躲起來，自己來應付。王熙鳳是官家出身，她的家族是「九省都檢點」，從小習慣這些太監沒完沒了的索賄吧。

小內監轉達夏爺爺說，借的銀子「過一兩日就送過來。」王熙鳳回答得漂亮：「什麼是送過來，有的是銀子，只管先兌了去。」小太監又轉達：「夏爺爺還說了，上兩回還有一千二百兩銀子沒送來，等今年年底下，自然一齊都送過來。」王熙鳳說得好：「你夏爺爺好小氣，這也值得提在心上。」

王熙鳳知道這太監惹不起，一點馬虎不得，一點不敢怠慢。

王熙鳳轉身要旺兒媳婦去支銀子，旺兒媳婦說正是支不到錢，才來這裡。王熙鳳叫平兒拿自己的兩個金項圈出去，立刻抵押了四百兩銀子，才打發了這「夏爺爺」

要的賄款。王熙鳳還命人替小太監拿著銀子，送到大門口。

夏太府的人走了，賈璉出來說：「這一起外祟，何日是了。」他口中的「外祟」，像鬼影魍魎，就是這些貪婪需索無度的太監們吧。

賈璉又談起昨日「周太監」來，一開口就是「一千兩」，賈璉說：「我略應慢了些，他就不自在。」

賈璉感慨：「將來得罪人之處不少。」官場做官，需要時時打點，家人在宮裡做妃嬪，也需要時時打點。「將來得罪人之處不少」，或許預言了這個家族在官場腐敗的大環境下，必然要覆亡的命運吧。

第七十二回，作者透露了權貴世家在官場上複雜繁重的應酬，「送南安王府的禮」、「重陽節宮裡娘娘的禮」、「幾家紅白大禮」，賈璉都在張羅，一點馬虎不了，一點差錯，可能就要抄家滅族。但是最難應付的，不只是權貴間的應酬，還有太監三不五時的索賄。

七十二回的「夏爺爺」，如果正是十六回來傳喜訊的夏守忠，《紅樓夢》作者精心安排的「千里伏線」，就太讓人敬佩了。

二十九

彩雲和彩霞

彩霞似乎是真心對賈環好，她知道賈環小氣、畏縮、個性卑劣，
但是彩霞是個丫頭，一到適婚年齡，就由主人隨便配給男僕車伕，
沒有自己選擇餘地。因此，彩霞一開始就對賈環忠心，
可以說是彩霞厚道，也可能看到一個命運不自主的丫頭的自救之道吧。

《紅樓夢》裡有兩個丫頭——彩雲和彩霞，名字很近似，又都和賈環要好，容易誤會是同一個人。

《紅樓夢》擁有廣大讀者，更有許多人一次、兩次、數十次，不斷重複看《紅樓夢》，看得很細，自己做筆記，做索引，找出蛛絲馬跡的線索。不一定是為了「研究」，基本上還是基於愛這本書，把自己的心得、發現、感觸，放在臉書、網站上，跟同好分享。

閱讀《紅樓夢》的朋友，像一個龐大的讀書會或俱樂部，彼此切磋，圍繞著這一本書，有很大的內聚力。許多人常誇耀自己的臉書有多少多少粉絲，自己的書有多麼多麼暢銷，我想，《紅樓夢》擁有的粉絲數量之大，難以計量；數百年來，《紅樓夢》也才是真正永遠的暢銷書吧。

最近上網搜索，想了解《紅樓夢》讀者對「彩霞」、「彩雲」的看法，搜尋到張佩芬簡體字版的《深讀紅樓》，其中就有一篇對這兩個丫頭的梳理，寫得極其詳盡。

張佩芬〈試解彩霞與彩雲的懸疑〉一文，出發點是針對某名作家的論點。該作家認為彩霞與彩雲是同一個人，名字不同，是因為《紅樓夢》作者的筆誤。

張文針對這一點，列舉出彩霞與彩雲在小說裡同時出現了三次，分別在第二十三、三十八、五十九回。引述小說原文中三次的「同時出現」，有力證明了這兩個丫頭的確不是同一個人，名字雖只差一個字，但並非作者筆誤。

讀者如果去翻閱這三回，會發現彩霞和彩雲在這三回中，只是出現，陪在夫人旁邊，完全沒有故事。「深讀紅樓」讀到如此細緻，可以舉證這樣過眼可能就忘了的細節，也是功夫。張佩芬針對這兩個人物的「梳理」，釐清了彩霞與彩雲的關係，對讀者的閱讀自然有很大幫助。

彩霞或彩雲，都不是《紅樓夢》裡重要的人物，名字相近，故事少，又都和賈環有親密交往，不注意的讀者自然很容易混淆。

《紅樓夢》第二十五回，彩雲、彩霞也同時出現過，當時賈環正奉王夫人之命，坐在炕上抄寫《金剛咒》。

賈環是沒有自信、浮躁、又好張揚的青少年，鄙吝、醜陋，一般人都討厭他。王夫人要他抄經，他自以為受到了重視，上了台盤，便頤指氣使起來，吆三喝四，一下子要彩雲倒茶，一下子要玉釧剪蠟燭花，一下子又抱怨金釧擋了燈影，弄到每個丫頭都嫌煩他了。王夫人四個大丫頭，這一回都在房裡。四個丫頭的名字恰好成對，彩雲、彩霞，金釧、玉釧，看起來的確不是作者筆誤。

王夫人的幾個丫頭都討厭賈環，這時候，只有彩霞還對賈環好，倒了茶給他，也悄悄向賈環勸說：「你安些分吧，何苦討這個厭、那個厭的。」

賈環心眼小、氣量也小，很難聽人好意相勸，即刻就嗔怒，說彩霞最近跟寶玉好，不答理他。彩霞委屈，罵了賈環一句：「沒良心的！狗咬呂洞賓，不識好人心。」

彩霞似乎是真心對賈環好，她知道賈環小氣、畏縮、個性卑劣，但彩霞是個丫頭，《紅樓夢》裡的丫頭，一到適婚年齡，就由主人隨便配給男僕車伕，沒有自己選擇餘地。第七十二回，彩霞就由王熙鳳作主，配給旺兒又醜又不成材、吃喝嫖賭的兒子。彩霞趕緊找趙姨娘告知賈環，希望可以有挽回機會，卻還是扭轉不了主人的安排。

因此，彩霞一開始就對賈環忠心，所有人都不理賈環，只有彩霞對他好，可以說是彩霞厚道，也可能看到一個命運不自主的丫頭的自救之道吧。她們心裡或許想：嫁給主人做妾，再不堪，也比等著發配給不認識的僕人要好吧。

彩霞是不是這樣的心思，作者不會明說，但彩霞對賈環死心塌地的態度，也在第二十五回中表現了出來。

寶玉回來，喝了一點酒，跟王夫人撒嬌，跟王熙鳳撒嬌，躺在炕上休息。寶玉像小孩子，王夫人要彩霞給寶玉拍著睡，寶玉就跟彩霞玩鬧。彩霞只理賈環，寶玉就撒嬌，跟彩霞說：「好姐姐，你也理我理兒呢！」寶玉要抓彩霞的手，彩霞奪手不肯，說：「再鬧，我就嚷了！」

寶玉跟每個女孩兒都好，他也難以忍受彩霞不答理他，只對賈環好。他不知道，賈環一面抄經、一面看著寶玉鬧自己的「愛人」，已經恨得牙癢癢的，就推了熱油燈，要燙瞎寶玉的眼睛。

至於彩雲，她的故事主要在六十回和六十一回。第六十回，賈環跟芳官要薔薇硝，送給彩雲搽臉。芳官包了茉莉粉應付，賈環認不出來，被彩雲譏笑：「她們哄你這鄉巴佬呢！」

第六十一回，彩雲又偷拿了王夫人房裡的玫瑰露，送給賈環。看來不只彩霞一個丫頭，彩雲也跟賈環要好起來，常常私下彼此送東西，彩雲也希望能做賈環的妾吧。

玫瑰露竊案爆發，牽連到柳五兒，彩雲表現得很正直，不願冤枉無辜，出面承當，說是趙姨娘央求她再三，她只好拿了些給賈環。

玫瑰露的事，後來由寶玉擔下來，彩雲沒有受責罰。這件事因此被賈環疑心，認為彩雲已經變節，跟寶玉私下好起來了，就罵彩雲「兩面三刀」，把所有兩人交往私贈之物摔到彩雲臉上。

《紅樓夢》裡的丫頭，無論是彩雲，或是彩霞，其實都是不自主的命運。

第七十二回，旺兒的老婆求王熙鳳把彩霞配給兒子，彩霞知道旺兒的兒子「酗酒賭博」、「容顏醜陋」，就求趙姨娘幫忙，希望能給賈環做妾，阻止配婚，但是沒有成功。一則旺兒是王熙鳳心腹，自然全力促成。二則賈環根本不在意，覺得彩霞「不過是個丫頭，她去了，將來自然還有。」

彩雲或彩霞，白忙一場，想給少爺賈環做妾，還是都落了空。

三十

傻大姐

傻丫頭像是許多戲劇裡侏儒、小丑、弄臣的角色，
他們憨憨呆呆，彷彿嘲諷著眼前權貴用盡心機的好勇鬥狠。
他們痴痴傻傻，看著眼前繁華，似懂非懂，
也彷彿反諷著人類「聰明」、「智慧」的妄費心機。

《紅樓夢》到了七十三回，家族明顯出現敗落現象。經濟上已經極度困窘，要應付官場上龐大的應酬送禮，要應付一波又一波太監們貪婪無度的索賄，要應付奢靡浪費、疊床架屋的日常開銷，坐吃山空，嚴重到了賈璉動腦筋找賈母的丫頭鴛鴦，想辦法要偷偷挪用賈母看不到的金銀傢伙，拿出去典當應急。

除了經濟困窘，管理上也頻頻出現漏洞。從司棋在花園私自買通門禁，約會男友開始，到查出管家、主廚、奶媽親戚，都在夜晚開賭局飲酒賭博。迎春奶媽賭輸了錢，更大膽到私自拿小姐的珍貴頭飾「攢珠纍絲金鳳」去典押。

一連串管理上的疏忽，看得出賈母老了，王熙鳳又生病，李紈一味老實寬厚，探春太年輕，經驗不夠，家族的管理就一再出狀況。

管理疏失爆發的導火線，就是一個外號「傻大姐」的丫頭在花園裡玩，無意間撿拾到一個春宮「繡香囊」。

為什麼是一個「傻丫頭」預告了、揭發了家族腐敗與藏汙納垢的實況？

這個在第七十三回突然出現的傻丫頭，常常讓我想到唐代墓葬裡的侏儒俑。

唐代出土的陶俑，有各式各樣的造型。陶俑是陪葬的東西，主人生前交往的賓客，使喚過的奴僕，乘坐過的馬匹，都會用陶土捏塑成俑，與主人一起埋葬，以供主人在另外一個世界要繼續使用。陶俑因為是現實生活真實的反映，裡面數量不少的侏儒俑的出土，就說明反映了唐代貴族豪門豢養侏儒的習慣吧。

侏儒俑矮小憨傻，四肢拙笨，常常有滑稽令人發笑的長相、表情、動作。

《紅樓夢》第七十三回這個傻丫頭，十四、五歲，「是新挑上來與賈母這邊提水桶掃院子專做粗活的一個丫頭」，「兩隻大腳，做粗活簡捷爽利。」

賈母喜歡她，最主要還是這傻大姐生得「體肥面闊」，「心性愚頑」，「一無知識」，「出言可以發笑」。賈母因此把她留在身邊，聽她無厘頭的語言，看她笨拙的動作，憨傻一無心機的表情，可以哈哈一笑。

賈母曾經是精明幹練的管家，她一手締造了家族的富貴繁榮。但是她老了，過了八十歲，賈母忽然喜歡起不精明、不幹練、痴痴呆呆的這個傻丫頭。

傻丫頭像是許多戲劇裡侏儒、小丑、弄臣的角色，他們憨憨呆呆，彷彿嘲諷著眼前權貴用盡心機的好勇鬥狠。他們痴痴傻傻，看著眼前繁華，似懂非懂，也彷彿反諷著人類「聰明」、「智慧」的妄費心機。

二十世紀我最喜歡的義大利導演費里尼（Federico Fellini），他的影像世界裡就常有侏儒，有痴傻智障的一張臉，像是預言者一樣，看著現世的繁華，過眼雲煙，華美而又蒼涼。

記憶很深的是費里尼拍攝的「愛情神話」（1969, Fellini Satyricon），描述古羅馬窮奢極侈的繁華歷史，然而，總是有一個侏儒或智障者，用空洞的眼神看著繁華。

有時候我想：自古以來的先知、預言者、偉大的哲學家，是不是都是這樣痴傻的外表？

我也一直覺得最可以把《紅樓夢》拍攝成動人影像的，一定是費里尼。他會用「傻丫頭」的眼睛看著榮國府的繁華吧。

賈母喜歡這個傻丫頭，給她起名為「傻大姐」。這傻大姐「若有錯失」，賈母也不苛責她。

一個痴呆憨傻的丫頭適時出現了，她來，看繁華過後家族的敗落，她來，看賈母一生精明幹練之後的衰老糊塗。

糊塗，不知道是不是另外一種「智慧」？賈母要遺忘掉什麼吧，她只想要看著面前粗笨呆傻的丫頭。年輕時她不能容忍的「笨」、「傻」、「痴呆」，如今成為她晚年的快樂。

傻丫頭讓她開心，沒有一點心機負擔的開心。因為傻大姐的出現，讀者或許才意識到，榮國府的賈母老了，疲倦了，眼前一片燦爛繁華，然而她只要身邊有一個傻大姐，無思無想，逗她發笑。

傻丫頭因為笨，平常也不做什麼事，本來也只是要逗賈母笑。像唐朝皇帝或權貴身邊豢養的侏儒弄臣，有的甚至頗受寵愛，加官封爵，大剌剌在宮廷裡走來走去，見了宰相朝臣也不行禮，完全顛覆了森嚴的朝廷禮儀。皇帝知道了，心情好，也就哈哈一笑；心情不好，交辦下去，這侏儒弄臣也就一命嗚呼。

《紅樓夢》的作者像是要藉著傻丫頭的眼睛，帶讀者看繁華背後，好像隱隱約約藏著什麼東西？

傻丫頭一日無事，跑進花園內玩耍，聽到山石背後有促織（蟋蟀）的聲音，她要抓促織來玩，就趴在山石洞下用手掏。掏來掏去，掏出一個五彩「繡香囊」。因為傻，她也看不懂「香囊」上面繡的東西。不是花，也不是鳥，是兩個人，脱得精光，「赤條條的盤踞相抱」。

十四歲，又傻，對「性」無知識也無感覺，她心裡還在想：「敢是兩個妖精打架？」自己想不通，想拿去給賈母看，笑嘻嘻，一面走一面看，忽然看見邢夫人，就把這春宮繡香囊遞給邢夫人。

好的懸疑推理，令人驚悚到背脊發涼的恐怖，常在不知不覺間。這傻丫頭揭發了一個家族「抄家」敗亡的命運，卻因為她的不知不覺，因為她完全看不懂的「憨」、「傻」，使人覺得好大的荒涼。

《紅樓夢》裡有「癩頭和尚」，有「跛足道士」，都是能預知天機的先知型人物。他們又「癩」又「跛」，殘缺不全。然而，他們的「身障」似乎為他們打開另一扇心靈的眼睛，使他們可以看見「異相」。

先知，也許並沒有翅膀，也不美麗，他們重來人間，大概也就是傻大姐這樣的人物吧，又痴又呆，只是讓人發笑開心而已吧。

三十一

迎春

賈迎春在前七十回似乎都無「事」發生，無「事」被記錄。
或許我們還是「自大」了。作者細心寫一個無人重視的少女，
在秋天菊花盛開時，所有少女都爭著寫菊花詩表現自我，爭強鬥勝，
獨有迎春，無所事事，撿拾一朵朵落花，穿成花串。

許多人讀《紅樓夢》都重視十二金釵，十二金釵是十二位貴族女性，裡面自然有賈迎春，賈家榮國府排行第二的女兒。

但是《紅樓夢》的讀者也一定感覺到：賈迎春這個小姐，在整部小說裡故事極少，比許多重要的丫頭，像襲人、晴雯，更沒有重要情節。

賈迎春是賈赦的女兒，親生母親大概是賈赦的一個妾。

賈赦好色，身邊一堆的妾，不時還要增補。賈赦曾經打過賈母跟前得力丫頭鴛鴦的主意，找自己太太邢夫人出面，去跟賈母討來做妾。鴛鴦尋死覓活，鬧得軒然大波，賈母動怒，說了一頓，「放著身子不保養，官兒也不好生做去，成日家和小老婆喝酒。」

賈赦的元配邢夫人，縱容丈夫，不斷買青春少女做妾。邢夫人懦弱無能，糊塗不懂事，又極記恨，心性吝嗇，對人也沒有關心慈悲。她名義上有一兒一女，男的賈璉，女的迎春，卻都不是她親生的。賈璉的太太王熙鳳，名義上是邢夫人的兒媳，卻甚受賈母、王夫人寵愛，跟自己婆婆反而不親，這事也讓邢夫人記恨，隱忍多年，伺機報復。

迎春是邢夫人名分上的女兒，邢夫人平時也不怎麼照顧。迎春木訥老實，畏縮怕事，在有權勢的貴族間，應對進退，常不登大雅之堂。《紅樓夢》對迎春一直沒有正面著墨，第十八回，元春省親，姐妹們奉命題額作詩，迎春分派到的是「曠性怡情」，迎春才拙，詩也平庸無個性，像頌聖的八股。

迎春沒有才，也從不爭強出頭，從不跟人比高低，是一個安分退讓的人。探春組織詩社，有才的寶釵、黛玉都極力表現，迎春卻寧願擔任「副社長」，負責限韻、出題等行政工作，像一個奉公守法的公務員，但求無過，不想有任何積極建樹。

我喜歡劉心武先生有一段關於迎春的書寫，他摘出小說第三十八回一段，迎春獨自一人，「在花陰下拿著花針穿茉莉花」。這一段輕描淡寫，總共也就只這麼一句，大部分讀者不容易注意到。劉先生以創作者經驗，對這一段大為讚賞，也說明《紅樓夢》作者對任何一個人物都不會草率輕忽。

迎春，看來極無分量的一個角色，如此沒有個性，作者卻充滿悲憫。任何一個最卑微的生命，也都是「微塵眾生」，有一定的因果。草率粗魯地對待任何一個微塵眾生，也都是造業，也將陷入更大的因果顛倒中吧。

賈迎春在前七十回似乎都無「事」發生，無「事」被記錄。或許我們還是「自大」了。作者細心寫一個無人重視的少女，在秋天菊花盛開時，所有少女都爭著寫菊花詩表現自我，獨有迎春，無所事事，撿拾一朵朵落花，穿成花串。

作者回憶裡有一個少女，如此無才，如此不顯眼，如此退縮，但在那一時刻，這個少女也有嚮往，也有眷戀，一朵一朵落花串起，像是拾掇自己的生命。

賈迎春的故事，要到小說七十回以後才彰顯出來。

第七十一回，賈母過八十大壽，南安太妃要見賈家的女兒們，賈母斟酌，要顧及賈府形象面子，怕迎春表現不得體，就只讓探春出來見客。這對迎春當然是侮辱，好像她見不得人。

迎春本來不爭強出頭，這事她也不在乎，她的個性裡從來沒有要跟他人比較之心。但是，她名分上的母親邢夫人卻不高興了，憋在心裡，沒完全發作。等到大觀園裡發現有人夜賭，賈母下令追查，其中竟有迎春的奶媽，賈母極為生氣，要嚴厲處置。兩件事連在一起，邢夫人就跑去迎春房裡，好好教訓了她一頓，怨她沒有把奶媽管好，覺得這事出醜，不只是迎春受辱，連自己這名分上的母親也沒面子。

大觀園是一個多是非的地方，然而迎春總希望能置身於是非之外。

不多久又爆發一事，迎春的奶媽不只夜晚開賭局，違法犯禁；她賭輸了錢，竟私自偷拿迎春的珍貴頭飾「攢珠纍絲金鳳」出去典押，意圖藉此翻本。

迎春不想有是非，但是非一個接一個發生。

在小說前七十回一直默默無聞的「二木頭」賈迎春，忽然身邊接二連三出事，也更逼顯出她怕事、畏縮、無奈的個性。

第七十三回，迎春的丫頭繡桔發現「攢珠纍絲金鳳」不見了，推測一定是奶媽偷偷拿出去典當，因此向迎春報告，要迎春處理。迎春不想管，推說司棋收起來了。繡桔問司棋，司棋清楚記得這支金鳳收在書架上的匣子內，準備八月十五中秋節家宴時要戴。繡桔著急，怕到了中秋，沒有了頭飾，人人都會看到，就央求迎春，一定要追問奶媽說出金鳳下落。

迎春其實知道是奶媽輸了錢拿去典當，她心裡想，讓奶媽偷偷拿去，有了錢再贖回來，也就算了。迎春的結論有趣——「誰知她就忘了」，她不說奶媽存心坑她，卻說「誰知她就忘了」。迎春懦弱嗎？還是善良慈悲到不認為世間有壞人？她這樣為欺負她、陷害她的人找理由，認為她們不是「存心」，是「忘了」。

歷來評論迎春，都說她庸懦，然而，迎春只是庸懦嗎？

《紅樓夢》的作者寫迎春這樣一個糊塗懦弱的少女時，心裡究竟作何想法？

「攢珠纍絲金鳳」的事鬧出來，連奶媽兒子王住兒的媳婦都來欺負迎春，在身分低卑的僕傭面前，迎春也一樣低聲下氣。她怕爭吵，只想息事寧人，就說：「我也不要那鳳了。」

好強的妹妹探春為迎春抱不平，追問金鳳下落，也告知王熙鳳、平兒要處置惡人，然而迎春只是手拿葛洪《太上感應篇》，仍然不聞不問。

七十三回以後，迎春一路走向悲劇，被家暴折磨而死。她的悲劇卻像摧枯拉朽，牽動著整個家族的傾頹覆亡。

結語

鸚鵡

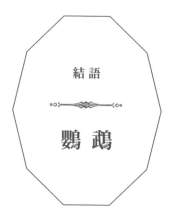

許多人問我，寫《紅樓夢》的微塵眾生，寫了這麼多，最有印象的是誰？賈瑞？二丫頭？戴權？金釧？齡官？石呆子？

朋友們問，我也在心裡過一過，也許真有一兩個人物是我印象特別深的吧。像無名無姓的農村少女二丫頭，短短一段，跟寶玉也真只是一面之緣，但不知為什麼，我總惦記著她。寶玉回頭，在農莊路口看到她，手裡抱著一個孩子，但一霎時，風馳電卷，車馬啟動，沙塵滾滾，就再也看不到二丫頭了。

每一次看到這一段，不知道為什麼，還是覺得心酸，熱淚盈眶。像記起自己生命裡一個無緣分的人，匆匆擦肩而過，回頭看，想記住一點什麼，但什麼也記不住。真的是「風馳電卷」，都是微塵灰沙，全沒有了蹤跡。

然而，微塵眾生，我細想一遍，彷彿記得的也不只是二丫頭。我記起了鐵檻寺牆裡開的一株盛豔的紅梅，妙玉高傲潔癖，沒有人敢和她親近，但是寶玉去要了一枝，那紅梅插在梅瓶裡，紅豔奪目，全不像寺廟裡修行人的花，那麼驚人的紅，好像紅到要逼出血來。

我也想到賈母年輕時蒐在庫房裡的軟煙羅，上用的好紗，有雨過天青，有銀紅色的，有秋香色的，賈母捨不得用，藏在庫房裡。一過幾十年，她想起來了，恐怕那樣珍貴的織品放久了，褪了色，都要長了霉斑，白白放壞了，就命令鳳姐拿出來，給姑娘們做帳子簾子，給丫頭們做衣服裡子，還有剩的，就給鄉下窮老太婆劉姥姥兩疋。

微塵眾生，原不只是說人物，有色、無色，有想、非有想，一切存在的物質，《金剛經》裡都叫做「眾生」。

我也對妙玉要砸碎的一隻成化窯的杯子念念不忘，幸好寶玉求情，那杯子沒有砸碎，送給劉姥姥做了禮物。

人與人的緣分，人與物的緣分，物與物的緣分，都不可解，或者以為解開了，還是執著吧。

像是妙玉，因為有潔癖，劉姥姥用了她的成化窯杯子喝茶，她就記恨那杯子，寧可砸碎了。

我們也會如此無緣無故記恨一個人，或一件物嗎？或許，不是無緣無故，是真沒有「微塵眾」的緣分吧。

我其實想起《紅樓夢》一開始的那一塊石頭，在青埂峰下，那時真是無緣無故吧。然而他，看到了一株草，他為草澆水灌溉，草越長越茂盛，就要惹出緣故來了。石頭和草，也是「微塵眾」。

「微塵眾生」，我還想起林黛玉瀟湘館廊下架子上養的一隻鸚哥。最初看《紅樓夢》，對這鸚哥印象深刻，尤其是第三十五回，林黛玉回瀟湘館，一進門，這鸚哥會叫丫頭雪雁：「雪雁，快掀簾子，姑娘來了。」這樣靈慧，已經讓我嘖嘖稱奇，接下來更令人歎為觀止，這鸚哥會學林黛玉「長吁短嘆」。我青年時讀到這裡，就盼望自己養的狗也能如此嘆氣，如此知道主人的憂傷喜悅，必定可以做更親的知己吧。

還不只如此，嘆氣完，這鸚哥就飛到架上，唸出黛玉作的〈葬花吟〉中的句子：「儂今葬花人笑痴，他年葬儂知是誰？試看春盡花漸落，便是紅顏老死時。一朝春盡紅顏老，花落人亡兩不知！」

「鸚哥唸詩」，記憶太深刻了，我後來在大學教書，還念念不忘這鸚哥。我那時年輕，不夠包容，每遇到冥頑不靈的學生，功課老做不好，心裡就想：不如養幾隻鸚哥！

《紅樓夢》拍成新連續劇，我沒有看，但是聽說為了這鸚哥屬於哪一種禽鳥，究竟鸚鵡能不能唸詩，引起過很大的討論。

不知道當時有沒有劇組的工作人員參考過狄尼森（Isak Dinesen）寫的《遠離非洲》（*Out of Africa*）？其中就有一段寫到一隻鸚鵡，也能用古希臘語唸西元前七世紀女詩人莎孚（Sappho）的詩。

這一段有關鸚鵡的故事，也是文學裡讓我念念不忘的，與《紅樓夢》裡林黛玉的鸚哥有得媲美。

作者狄尼森是丹麥貴族，住在非洲肯亞，種咖啡、狩獵，一生傳奇，她的《遠離非洲》是自傳，寫動物禽鳥，寫自然森林，寫部落土著，都有二十世紀初歐洲覺醒的白人獨特而動人的觀點。因為是親身經歷，也特別與今日有些書房作家自我膨脹的囈語不同，很真實，也發人深省。讀過多次還會想讀，有黃宇瑩、劉粹倫不錯的中譯本。

《遠離非洲》有關鸚鵡的故事，在書中只是一個小小片段，像一個極短篇。故事是一個丹麥老船長講給作者聽的，大意是：老船長十六歲時，跟父親出海到新加坡，水手上岸後都去妓院，他在妓院遇到一個中國老嫗，老嫗問他從哪裡來？他說丹麥。老嫗有一隻鸚鵡，是她年輕時愛戀她的英國貴族送的。她帶著這隻鸚鵡，在國際港口的妓院學了各種語言，但是，她始終解不開英國貴族教鸚鵡唸的那幾句。

試了很多次，都沒有人能懂。老嫗沒有試過丹麥文，想這十六歲青年來自遙遠國度，或許解得開吧？

我讀到這裡好緊張，不知道這丹麥青年能否解開老嫗一生沒有解開的謎語。老嫗帶來鸚鵡，讓牠唸那英國貴族留給她的句子。鸚鵡一個字一個字唸，唸得很慢。丹麥青年聽懂了，不是丹麥文，是古希臘文。他懂的古希臘文不多，卻正好可以解開這幾句莎乎的詩。

丹麥青年翻譯給老嫗聽，「她抿著嘴，瞇著一雙鳳眼。語畢，老嫗又請他再說一次，邊聽邊點頭。」（紅桌文化譯本）

除了《紅樓夢》裡的鸚哥唸〈葬花吟〉，這是另一個我聽過關於鸚鵡最美的故事。

天盡頭，何處有香丘？
未若錦囊收豔骨，一抔淨土掩風流。
質本潔來還潔去，不教汙淖陷渠溝。
爾今死去儂收葬，未卜儂身何日喪？
儂今葬花人笑痴，他年葬儂知是誰？
試看春殘花漸落，便是紅顏老死時。
一朝春盡紅顏老，花落人亡兩不知！

林黛玉・葬花吟（後段）

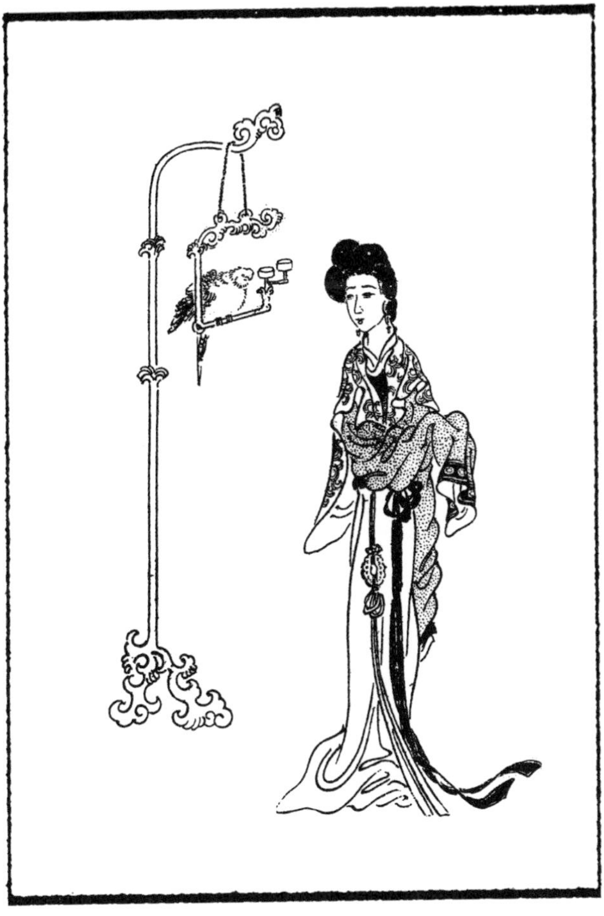

附錄　本書所寫人物關係簡表

薛府

- 薛姨媽（伙計）張德輝
  - 薛　蟠（妾）香菱（父）甄士隱
    - （堂弟）薛蝌
    - （堂妹）薛寶琴（丫頭）荳官
  - 薛寶釵（丫頭）鶯兒、蕊官

王府

- 王子騰（姪女）王熙鳳（賈璉之妻）
- 王夫人（寶玉母親）
- 薛姨媽（薛王氏，寶釵母親）

史府

- 賈母史太君（姪孫女）史湘雲（丫頭）葵官
  - （丫頭）鴛鴦、琥珀、傻大姐

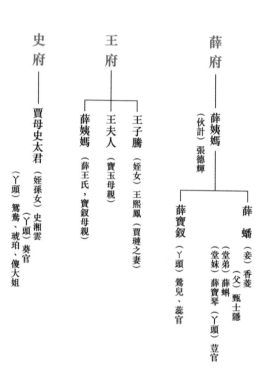

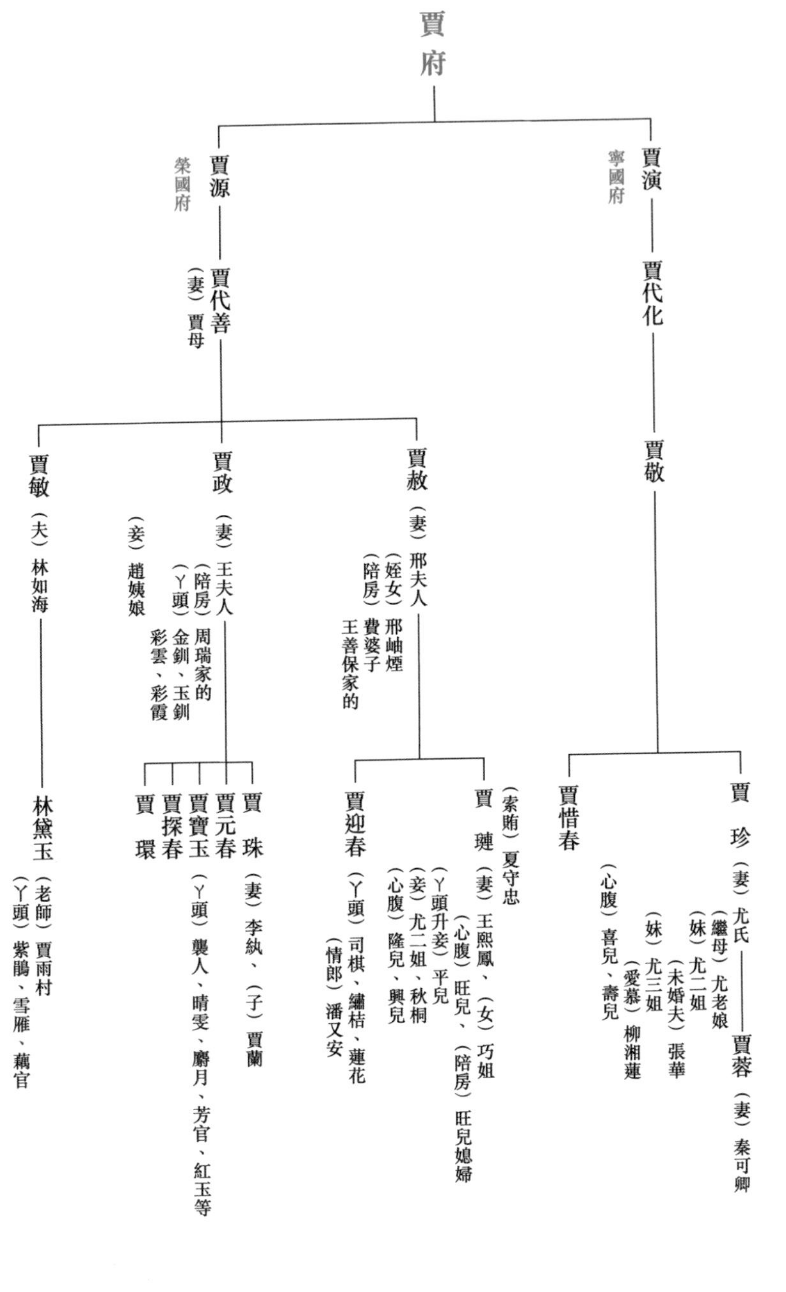
賈府
榮國府
賈源
賈代善
（妻）賈母
賈敏
（夫）林如海
林黛玉
（老師）賈雨村
（丫頭）紫鵑、雪雁、藕官
賈政
（妻）王夫人
（陪房）周瑞家的
（丫頭）金釧、玉釧
彩雲、彩霞
（妾）趙姨娘
賈珠
（妻）李紈、（子）賈蘭
賈元春
賈寶玉
（丫頭）襲人、晴雯、麝月、芳官、紅玉等
賈探春
賈環
賈赦
（妻）邢夫人
（姪女）邢岫煙
（陪房）費婆子
王善保家的
賈璉
（妻）王熙鳳、（女）巧姐
（心腹）旺兒、（陪房）旺兒媳婦
（丫頭升妾）平兒
（妾）尤二姐、秋桐
（心腹）隆兒、興兒
（索賄）夏守忠
賈迎春
（丫頭）司棋、繡桔、蓮花
（情郎）潘又安
寧國府
賈演
賈代化
賈敬
賈珍
（妻）尤氏
（繼母）尤老娘
（妹）尤二姐
（妹）尤三姐
（未婚夫）張華
（愛慕）柳湘蓮
（心腹）喜兒、壽兒
賈蓉
（妻）秦可卿
賈惜春

國家圖書館出版品預行編目資料

微塵眾：紅樓夢小人物 III／蔣勳作. --初版. --臺北市：遠流, 2014.09
面； 公分. --（綠蠹魚叢書；YLK73）
ISBN 978-957-32-7486-5（平裝）
1.紅學 2.人物志 3.研究考訂
857.49 103009704

綠蠹魚叢書 YLK73
夢紅樓系列

微塵眾 紅樓夢小人物 III

作者 蔣勳
出版四部總編輯暨總監 曾文娟
資深主編 鄭祥琳
助理編輯 江雯婷
企劃 王紀友
美術設計 林秦華
圖片出處
清乾隆本《新鐫全部繡像紅樓夢》頁24、142
清光緒本《紅樓夢圖詠》頁31、68、80、166、178、208
民國本《全圖增評金玉緣》頁32、56、98
清光緒本《增刻紅樓夢圖詠》頁38、116、122、202
清光緒本《繡像紅樓夢》頁44、128
清光緒本《增評補圖石頭記》頁62、74、135、190
清光緒本《增評補像全圖金玉緣》頁86、110、172、196
民國本《增評加注全圖紅樓夢》頁104、136、154、160、184、221
民國本《紅樓夢寫真》頁148

發行人 王榮文
出版發行 遠流出版事業股份有限公司
地址 104005 台北市中山北路一段11號13樓
電話／傳真 (02)2571-0297／(02)2571-0197
郵撥 0189456-1

著作權顧問 蕭雄淋律師
2014年 9 月 1 日 初版一刷
2023年 7 月16日 初版七刷
定價：新台幣300元（缺頁或破損的書，請寄回更換）

ISBN 978-957-32-7486-5

遠流博識網
http://www.ylib.com E-mail: ylib@ylib.com